聊齋志異
原著／蒲松齡
編撰／曾珮琦
繪圖／尤淑瑜
好讀出版

一窺《聊齋》的宗廟之美，百官之富

文／盧源淡

《聊齋志異》是值得一看再看的好書。

這部小說光在清朝就有近百種抄本、刻本、注本、評本、繪圖本，截至目前，相關詮釋與討論的文字數以億計，根據它的內容所改編的影劇與戲曲也有上百齣，而這部中文短篇小說集到現在已有將近三十種外語譯本，世界五大洲都可發現它的蹤跡。這不是好書，什麼才是好書？

我很高興此生能與這本書結下不解之緣。

小時候，我和《聊齋志異》的首度接觸，是在兒童月刊《學友》。這本雜誌會不定期刊載童話版的志怪小說，當時只覺得道人種桃、古鏡照鬼的情節很好看，根本不知道、也不會想知道這些故事是怎麼來的。另外，《良友》之類的雜誌也會穿插短篇的《聊齋》連環圖，至今還依稀記得〈偷桃〉、〈妖術〉、〈佟客〉的精彩畫面。初中時，看過樂蒂和趙雷演的《倩女幽魂》，無意間從海報認識「聊齋」這個詞彙，後來聽老師講述，這才明白以前看過的那些鬼狐仙妖，都是從這本小說孕育出來的。

五十多年前的《皇冠》雜誌偶爾也有白話《聊齋》故事，印象較深的有〈胡四娘〉、〈局詐〉等等，都改寫得非常精彩，這也激起我閱讀原文的念想。就讀大學時，曾向圖書館借到一本附有注釋的《聊齋》，不過那本書品質粗糙，不但排版草率，聊備一格的注釋對讀者也毫無助益。後來雖在書店發現一些性質類似的「精選」本，但情況毫無二致。最後好不容易買到一套手稿本，卻讀得一頭霧水，即便手邊擺著一套《辭海》，仍舊跨不過那百仞宮牆。幸好，這一盆盆的冷水並沒有完全澆熄我對《聊齋志異》的滿腔熱火。

由於《聊齋志異》的手稿本斷簡殘編，因此幾十年前學者研讀的都以「青柯亭本」或「鑄雪齋本」爲主。呂湛恩與何垠的注解本雖在道光年間就有了，但不易取得。而一般讀者看的則大多是白話改寫的選本，通常都是寥寥二三十篇，實不容易滿足向慕者的需求。一九六二年，大陸學者張友鶴主編的《聊齋誌異會校會注會評本》問世，這對專業學者與業餘讀者來說，眞不啻爲一則天大的福音，有了這套工具書，研讀《聊齋志異》就相對輕鬆多了。後來，「康熙本」、「異史本」、「二十四卷本」，還有蒲松齡的相關文物陸續被發現，這些珍貴資料爲專家開闢不少探微索隱的幽徑，也造就一波波研討的浪潮。五十多年來，世界各地專家學者針對蒲松齡及《聊齋志異》所提出的論著和輯校的圖書，就像雨後春筍般出現，如：路大荒的《蒲松齡年譜》、盛偉的《蒲松齡全集》、馬瑞芳的《聊齋志異創作論》、于天池的《蒲松齡與聊齋志異脞說》、馬振方的《聊齋藝術論》、任篤行的《全校會注集評聊齋志異》、袁世碩與徐仲偉的《蒲松齡評傳》、朱一玄的《聊齋志異資料匯編》、朱其鎧的《全本新注聊齋誌異》等，數以千計。另外還有《蒲松齡研究》季刊和不定期舉辦的研討會，爲專家提供心得發表的平臺。「蒲學」遂一時蔚成風氣，足以與國際「紅學」相頡頏。

拜「蒲學」潮流之賜，我的夙願也得以逐步實現。兩岸開放交流後，我就經常利用暑假前往大陸，不是在圖書館蒐集資料，埋首抄錄，便是到書店選購「蒲學」相關文獻。我還三度造訪淄川蒲家莊和周村畢自嚴故居，向紀念館內的專業人士請益，並流連於柳泉、綽然堂，與「短篇小說之王」作穿越時空的交心偶語。我也曾趑趄濟南的大明湖畔，想像「寒月芙蕖」的奇觀；我也曾彳亍荷澤的牡丹花徑，領略「曹國夫人」的丰采。每次返臺，行囊、衣襟盡是濃郁的書香，這才體悟到梁任公所揭櫫的道理：「任何一門學問，只要深入的研究，必能引發出趣味來。」這是我畢生最引以爲樂的個人經驗，特地在此提出來與各位讀者分享。

在紙本文字日益式微的當前，好讀出版仍不惜耗費鉅資，禮聘學者點評、作注，出版一系列古典小說，促成多本曠世名著以最新穎的編排及更精緻的內涵增進大眾閱讀樂趣。這是經營者崇高的理念，更是使命感的展現，既獲取讀者的口碑，也贏得業界的敬重。而在決定出版《聊齋志異》全集時，好讀出版精挑的專家則是曾珮琦君。

曾珮琦君是位詠絮奇才，在學期間尤其屬意於中文，國學根柢扎實深厚。就讀研究所時，專攻老莊玄學，在王邦雄教授指導下，完成論文〈《老子》「正言若反」之解釋與重建〉，取得碩士學位。另外著有《圖解老莊思想》、《樂知學苑．莊子圖解》等書，字字珠璣，鞭辟入裡，備受學界推伏。近年來，曾君醉心《聊齋志異》姹紫嫣紅的幻域，含英咀華，芬芳在頰，乃決意長期從事注譯的編撰，將這部古典巨著推薦給青年學子，目前已發行《義狐紅顏》、《倩女幽魂》兩集單冊。我發現書中注釋引經據典，精確賅備，對理解原文必有極大裨益；白話翻譯則筆觸流利，既無直譯的生澀，亦無擴寫的模糊，文白對照，可獲得閱讀樂趣，並有助國文程度提升。此外，尤淑瑜君的插畫也能引領讀者進入故事情境，頗具錦上添花之效。我相信全書殺青後，必足以在出版界占一席之地。

馮鎮巒曾在〈讀聊齋雜說〉謂：「讀聊齋，不作文章看，但作故事看，便是呆漢。」馮鎮巒是清嘉慶年間的文學評論家，這句話說得眞夠犀利，同時也道出《聊齋志異》的特色。然而，從功利角度而言，但看故事實已值回書價，再涵泳辭藻便是物超所值了。總之，手執一卷，先淺出，再深入，則如倒吃甘蔗，樂即在其中矣。現在就請諸位在曾君的導覽下，跨進蒲松齡的異想世界，一窺《聊齋》的宗廟之美，百官之富。

盧源淡

淡江大學中文系畢業，桃園市私立育達高級中學退休教師，從事蒲學研究工作三十餘年。著有《詳注．精譯．細說聊齋志異》全八冊，二百七十餘萬言。

中國第一部彰顯女性地位的故事集

文／呂秋遠

在我年輕的那個世代，大學國文只有《古文觀止》可以學習；不過運氣很好，一年級下學期時，學校開放選修文學名著，我選擇了《聊齋志異》。不過，這並不是我的第一次接觸，早在小學就已經開始接觸白話文版本。

《聊齋志異》所使用的語言，並不是艱深的文言文。事實上，作者蒲松齡身處十七世紀的中國，使用的文字已經不是那麼艱澀，而且他所蒐集的故事素材，也是透過不同的訪談及自己所聽說的故事撰寫而成，因此不至於過度艱澀。

有學者以為，《聊齋志異》這部書，是一個落魄文人對於男性情愛幻想的烏托邦故事集。然而，如果把這部小說放在十七世紀的脈絡觀察，則可以看出當時保守的中國，有多少的女權情慾流動已經躁動萌芽。在《聊齋志異》中，女鬼、狐怪往往是善良的，而男性卻有許多負心人。女性在這部書中的愛情角色是主動積極、毫不畏縮的，如果與故事中的男主角相較，更可以看出其批判禮教迂腐與封閉之處，這點在書中隨處可見。蒲松齡筆下的俠女、鬼狐、民女，都具備勇氣且勇於挑戰世俗。在那個婚姻奉媒妁之言、父母之命的年代，他藉由這些鬼怪故事，塑造出「嬰寧」、「聶小倩」、「白秋練」、「鴉頭」、「細柳」等人，她們遇到變故時總是比男性更為冷靜與機智；而男性在他筆下，無能者多、負心者眾。因此，論這部書，說它是中國第一部彰顯女性地位的故事集也不為過。

因此，我們可以輕鬆的來閱讀《聊齋志異》，但是當我們讀這些精彩俠女復仇記，或狐仙助人記的同時，別忘了，蒲松齡隱藏在故事中，想要說、卻不容於當時的潛言語其實是——女性的千言萬語。

呂秋遠

宇達經貿法律事務所律師、東吳大學社工系兼任助理教授。雖為法律背景，然國學根柢深厚，近年經常在FB臉書以娓娓道來的敘事之筆分享經手案例與時事觀察，筆力之雄健、觀點之風格化，贏得了「臺灣最會說故事的律師」讚譽。

熱愛文字與分享，著有《噬罪人》《噬罪人II：試煉》二書，曾於書中提到「希望讀者在書中找到自己人性的歸屬，也可以理解天使與惡魔的試煉，都是不容易通過的。如果能因此讓自己更自在，則一切的經驗分享也就值得了」，巧妙的與蒲松齡在《聊齋志異二．倩女幽魂》〈蓮香〉一文中的精闢結論，若合符節——「唉！死者求生，生者又求死，天底下最難得的，難道不是人身嗎？只可惜，擁有人身者往往不懂珍惜，以至於活著不知廉恥，還不如一隻狐狸；死的時候悄無聲息，還不如一個鬼。」

讀鬼狐精怪故事讀懂蒲松齡用心

文／曾珮琦

談到《聊齋志異》這部小說（共四百九十一篇故事），給人的印象大多是講述些鬼狐精怪故事，歷來更有不少故事被改編成影視作品（且風行不輟、改編不斷）——其中最膾炙人口的是〈聶小倩〉，講述書生與女鬼之間的戀愛故事；〈畫皮〉也被改編爲電影，然原本故事僅講述女鬼變化成美女迷惑男子，裡面並無愛情成分。無論是人鬼戀，抑或鬼怪迷惑男子的故事，《聊齋志異》的作者蒲松齡，於屢次科舉失意後日益醉心蒐羅並撰寫鬼狐精怪、奇聞「異」事，其眞正用意不只是談狐說鬼，而想藉由這些故事諷刺當時官僚的腐敗、揭露科舉制度的弊病，反映出社會現實。

書裡收錄的各短篇故事，均爲奇聞異事，情節有趣、奇妙且精彩，不僅滿足讀者一窺天底下新鮮事的好奇心，還寓有教化世人、懲惡揚善的意涵，這也是這部古典文言文小說能從清朝流傳至今逾三百年的原因。當我們隨著蒲松齡的筆鋒遊覽神鬼妖狐的世界時，或可一邊思考故事背後隱含的思想，這些思想，很可能才是作者眞正想透過故事傳達的。

不過，《聊齋志異》中除了宣揚教化、諷刺世俗的故事，確實不乏浪漫純眞的愛情故事，如〈小翠〉、〈青鳳〉、〈聶小倩〉等均歌頌了人狐戀，意寓眞摯的愛情本質並不爲人狐之間的界限所侷限，此等故事相當感人。

《聊齋志異》第一位知音——清初詩壇領袖王士禛

至於蒲松齡的寫作素材來自哪裡？他是將聽聞來的鄉野怪譚予以編撰、整理，亦有各地同好提供故事題材。他蒐羅故事的經過，傳說是在路邊設一個茶棚，免費提供茶水給過路旅客，條件是要講一個故事（但也有人認爲不太可能，因他一生一直爲生計奔忙，在別人家中設館教書，怎有空擺攤）。明末清初，蒲松齡的家鄉山東慘遭兵禍，當時屍橫遍野，於是流傳了許多鬼怪傳說，由此成了他寫作的題材。

《聊齋志異》這部小說在當時即聲名大噪，知名文人王士禛對此書更是大力推崇。王士禛（一六三四～一七一一），小名豫孫，字貽上，號阮亭，別號漁洋山人，人稱王漁洋，謚文簡。蒲松齡在四十八歲時結識了這位當時詩壇領袖，王士禛讀了《聊齋志異》後十分欣賞，爲之題了一首詩：「**姑妄言之姑聽之，豆棚瓜架雨如絲。料應厭作人間語，愛聽秋墳鬼唱時**（詩）。」不僅如此，王士禛也爲書中多篇故事做了評點，足見他對此書的喜愛，而其評點文字的藝術性之高，亦廣泛成爲後代文人研究分析的主題。蒲松齡對此甚感榮幸，認爲王士禎是眞懂他，亦做了詩回贈：「**志異書成共笑之，布袍蕭索鬢如絲。十年頗得黄州意，冷雨寒燈夜話時。**」還將王士禎所做的評點，抄錄收進書中。王士禎的評點融入了他個人對小說創作的理論與審美觀點，這點影響了後世《聊齋志異》的評點家，如馮鎮巒等人。王氏評點貢獻有三：一、評論小說的藝術描寫與生活寫實。二、評論小說中人物形象的刻畫（然，他的評點往往過於簡略，未切合重點）。三、總結與簡述《聊齋志異》裡頭的佳作，所使用的高超寫作手法與傑出藝術成就。例如，他將〈連瑣〉評爲「**結而不盡，甚妙**」，點出小說的敘事手法，亦表達出他的小說美學觀點。

在介紹《聊齋志異》這部小說前，先來談談作者蒲松齡的生平經歷。他是個懷才不遇的文人，參加鄉試屢次落榜，於是一邊教書，一邊將精力放在編寫奇聞怪譚故事上。讀這部書，可發現蒲松齡實際上將自己的人生經歷與思想寄託在其中——例如〈葉生〉，便是講述一個於科舉考試屢屢名落孫山的讀書人，而後遇到一個欣賞他才華的知府。後來他病重，知府正好在此時罷官準備還鄉，想等葉生一起回去。葉生後來雖病死，魂魄卻跟隨知府一起返鄉，並教導知府的兒子讀書，知府的兒子一舉中榜，這全是葉生的功勞。以此故事對照蒲松齡的經歷來看，可發現他屢經落榜挫折時，也曾受到江蘇寶應知縣孫蕙（字樹百）的青睞，邀他前往擔任文書幕僚，也就是俗稱的「師爺」，兩人不僅是長官與下屬關係，更是知己好友；也正是在此時，蒲松齡看盡了官場黑暗，對那些貪官汙吏、地方權貴深惡痛絕。

在〈成仙〉中，地方權貴與官府勾結，將成生的好友周生誣陷下獄，還隨便編派罪名，要置他於死地；於是成生後來看破世情，出家修道。蒲松齡本人並未如主人翁成生那樣出家修道，反倒將心中的憤懣不平，藉著他手上那支文人的筆宣洩出來。足見，《聊齋志異》不僅寫鬼狐精怪、奇聞異事，更抒發了蒲松齡懷才不遇的苦悶。難怪他在〈聊齋自誌〉中要說「三閭氏感而為騷」，意即將自己比喻成屈原——屈原被楚懷王放逐後，才作了《離騷》；同樣的，蒲松齡也因失意於考場，才編著了《聊齋志異》。

《聊齋志異》的勸世思想——佛教、儒家、道家及道教兼有之

蒲松齡除了將自己人生經歷融入這些奇聞怪譚中，還不忘傳遞儒釋道三教的懲惡揚善思想。如〈畫壁〉，故事主人翁是一名朱姓舉人，和朋友偶然經過一間寺廟，進去參觀，看到牆上壁畫有位美女，心中頓時起了淫念，隨後進入畫中世界展開一段奇妙旅程。朱舉人在壁畫幻境中，與裡面的美女相好，但擔心被那裡的金甲武士發現，最後躲了起來。朱舉人心中非常恐懼害怕，最後經寺廟中的老和尚敲壁提醒，才總算從壁畫世

界逃了出來，脫離險境。蒲松齡在故事末尾評論道：「**人有淫心，是生褻境；人有褻心，是生怖境。**」（人心中有淫思慾念，眼前所見就是如此；人有淫穢之心，故顯現恐怖景象。）

可見，是善是惡，皆來自人心一念，此種思想頗似佛教所謂的「一念三千」。「一念三千」是指，我們在日夜間所起的一念心，必屬十法界中之某一法界，與殺生等之瞋恚心相應的是地獄界，與貪欲相應的是餓鬼界。所以，顯現在我們眼前的是哪一個法界，源於我們心中起的是什麼樣的心念。〈畫壁〉一文，不僅蘊含了佛教哲理，苦口婆心勸戒世人莫做苟且之事，通篇還使用許多佛教詞彙，足見蒲松齡佛學涵養之深厚。

至於蒲松齡的政治理想，則是孔孟所提倡的仁政——他尊崇儒家的仁義禮智，講求道德實踐，因此《聊齋志異》書中時常可見懲惡揚善的思想。值得注意的是，孔孟所提倡的仁義禮智，並非外在教條，而要我們發自內心理性的自我要求。《孟子．告子上》提到：「**仁義禮智，非由外鑠我也，我固有之也，弗思耳矣。**」（仁義禮智，不是由外在的制約逼迫、強制自己必須這麼做，而是我發自內心想這麼做。）孟子還舉了個例子——只要是人見到一個小孩快掉進井裡，都會無條件的衝過去救他。這麼做不是想博得美名，也不是想巴結小孩的父母，純粹只是不忍小孩掉進井裡溺死罷了。

這個「不忍人之心」，每個人生下來即有，也就是孔子所說的「仁心」。而孟子將此仁心的十字打開，發展成「仁義禮智」，其實此四者簡言之，就是「仁」而已。清代政治腐敗，貪官汙吏橫行，權貴爲一己私慾，不惜傷害別人，甚至做出剝奪他人生存權利之事。孔孟所提倡的仁政與道德蕩然無存，這些貪官汙吏無視、更無法實踐，實是人心墮落與放縱私慾的結果。蒲松齡有感於此，藉著這些鄉野奇譚，寄寓了諷刺當時政治腐敗與人心黑暗的想法。因而，《聊齋志異》不僅是志怪小說，更是一部寓言。書中可看出蒲松齡試圖撥亂反正、爲百姓伸張正義的苦心；現實生活中的他無能爲力，只好將此憤懣不平心緒，藉自己的筆寫出，宣洩在小說中。

此外，《聊齋志異》也涵蓋了道家與道教的思想，像是書中時常可見《莊子》的詞彙與典故，亦有神仙方術、洞天福地等道教色彩。老莊等道家哲學，是以「道」爲中心開展的哲學，追求人的心靈之自由自在，解消人的身體或形體對我們心靈帶來的束縛。而道教則認爲，人可以透過神仙方術長生不老、飛升成仙。《聊齋志異》書中多篇故事，於是出現了懂得奇門遁甲法術、捉妖收妖、符咒的道士，這些奇幻的神仙色彩，增添了故事的精彩與可讀性，也讓後世之人改編成影視作品時有更多想像空間。

《聊齋志異》寫作體裁——筆記小說＋唐代傳奇

大陸學者馬積高、黃鈞主編的《中國古代文學史》，將《聊齋志異》分成三種體裁：一、短篇小說體：主要描寫主角人物的生平遭遇，篇幅較長，細膩刻畫了人物性格及曲折戲劇化的故事情節，此類作品有〈嬌娜〉、〈成仙〉等。二、散記特寫體：重點在於記述某事件，不著墨於人物刻畫，此則受到古代記事散文的影響，此類作品有〈偷桃〉、〈狐嫁女〉、〈考城隍〉等。三、隨筆寓言體：篇幅短小，將所聽之事記錄下來，並寄寓思想在其中，此類作品有〈夏雪〉、〈快刀〉等。

《聊齋志異》深受魏晉南北朝筆記小說、唐代傳奇小說的影響。筆記小說，是隨筆記錄下聽到的故事，比較像在記筆記，篇幅短小。此種小說乃受史書體例影響，十分重視將事件確實記錄下來，而非有意識的創作小說；且多爲志怪小說，又以干寶的《搜神記》最著名。《聊齋志異》裡頭有多篇保留了筆記小說特點的篇幅短小故事，如〈蛇癖〉、〈眞定女〉等。

唐代傳奇，則是文人有意識的創作小說，內容是虛構的、想像的，題材有志怪、愛情、俠義、歷史等等。像是《聊齋志異》中的〈葉生〉，葉生死後，魂魄隨知己丁乘鶴返鄉，直到回家看見屍體，才發現自己已死；此種離魂情節，乃受到唐傳奇陳玄佑〈離魂記〉的影響。由此可見，蒲松齡無論在創作手法或故事題材上，無不受到古代小說影響，此乃《聊齋志異》之承先。

《聊齋志異》之啓後在於，蒲松齡將六朝志怪與唐宋傳奇小說的主要特色融爲一體，給予後世小說家很大啓發，進而出現許多效仿之作，如清代乾隆年間沈起鳳的《諧鐸》、邦額的《夜譚隨錄》等，以及現代諸多影視作品。不過值得注意的是，改編後的電影或戲劇，爲了情節精彩與內容多樣化，不一定按照原著思想精神呈現，若想了解《聊齋志異》的原貌，實應回歸原典，才能體會蒲松齡寄寓其中的思想精神與用心。

此次，爲讓現代讀者輕鬆徜徉《聊齋志異》的志怪玄幻世界，才有了這套書的編撰，畢竟古典文言文小說在我們現代人讀來相當艱澀且陌生。因此，除收錄「原典」，還加上了「評點」、「白話翻譯」、「注釋」。其中，評點部分要感謝元智大學中國語文學系兼任助理教授張柏恩（研究專長：文學批評、古典詩詞創作、明清詩學）、北京師範大學珠海分校文學院講師劉學倫（研究專長：古籍編輯研究、元明清文學作品），提供了許多寶貴資料，特在此銘誌感謝。至於白話翻譯，儘管已盡量貼近原典，然而任何一種翻譯都是主觀詮釋，裡頭融合了編撰者本身的社會背景、文化思想等因素，這些都會影響對經典的理解。但這並不是說白話翻譯不可信，而想提醒讀者，本書白話翻譯僅止於一種詮釋觀點，並不能與原典畫上等號。眞正的原典精華，只有待讀者自己去找尋了。

原典，值得信賴

原典以一九九一年里仁書局出版的張友鶴《聊齋誌異會校會注會評本》（簡稱《三會本》）為底本。

張友鶴是以蒲松齡的半部手稿本，以及鑄雪齋抄本（乾隆十六年抄本，抄者為歷城張希傑）為主要底本，從而編輯了《三會本》。他的版本最為完整，且融合了多家的校注、評點，極富參考與研究價值。

好讀版本的《聊齋志異》，為求彩圖與文章流暢搭配之版面安排，每卷裡頭的文章或有可能調動次序，尚祈見諒。

「異史氏曰」，真有意思

《聊齋志異》有些故事在正文結束後，會有一段以「異史氏曰」開頭的文字，這是蒲松齡對故事及人物所做評論，或是陳述他自己的觀點、見解（但他亦有些評論，不見得都冠上「異史氏曰」）。這種作法沿用自史書，如《史記》的「太史公曰」，即司馬遷自己的評論。值得注意的是，有些「異史氏曰」相關文字，不僅僅做評論，還會再加附其他故事，以與正文的故事相應和。

文章中除了蒲松齡自己的評論，亦可見以「友人云」為開頭的親友評論，其中最常出現的是蒲松齡文友王士禛以「王阮亭云」或「王漁洋云」為開頭的評論；這些評論由蒲松齡親自收錄在文章中，與後世所作評點不同。

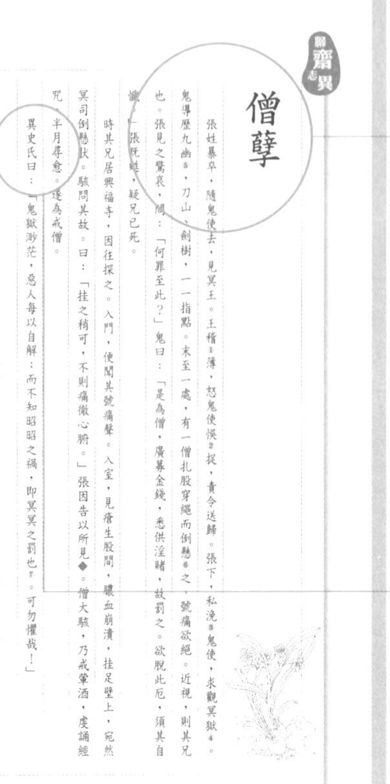

聊齋志異

僧孽

張姓暴卒，隨鬼使去，見冥王。王稽1簿，怒鬼使悞2捉，責令送歸。張下，私浼3鬼使，求觀冥獄4。鬼導歷九幽5，刀山、劍樹，一一指點。末至一處，有一僧扎股穿繩而倒懸6之，號痛欲絕。近視，則其兄也。張見之驚哀，問：「何罪至此？」鬼曰：「是為僧，廣募金錢，悉供淫賭，故罰之。欲脫此厄，須其自懺。」張既甦，疑兄已死。

時其兄居興福寺，因往探之。入門，便聞其號痛聲。入室，見瘡生股間，膿血崩潰，挂足壁上，宛然冥司倒懸狀。駭問其故。曰：「挂之稍可，不則痛徹心腑。」張因告以所見◆。僧大駭，乃戒葷酒，虔誦經咒，半月尋愈。遂為戒僧。

異史氏曰：「鬼獄渺茫，惡人每以自解：而不知昭昭之禍，即冥冥之罰也7。可勿懼哉！」

有個姓張的人突然死了，鬼差將他的魂魄拘去見冥王。冥王查核《生死簿》，發現鬼差抓錯人，盛怒之下命鬼差把人送回陽間。姓張的私下拜託鬼差帶他參觀冥獄，鬼差帶他導覽九幽、刀山、劍樹等景象。最後來到一個地方，見一僧人，繩子從其大腿穿透，頭下腳上的被懸在半空中，痛苦哀號不止，他走近一看，此人竟是自己兄長，驚問鬼差：「此人犯何罪？」鬼差答：「此人作爲和尚卻向信徒募款，把錢拿去嫖妓賭博，所以懲罰他。欲解脫，必須要他自己悔過才行。」姓張的醒來後，懷疑兄長已死。

118

注釋解析，增進中文造詣

針對原典中的艱難字詞加注，既有助讀者領略古人的用語，亦可賞讀蒲松齡作文之美。每條注釋，均扣緊原典的上下文文意而注，惟該字詞自有它用在別處的可能解釋，注釋意涵恐無法盡括。

注釋盡可能跟隨原典擺放，以收對照查看之效。

他前往兄長居住的興福寺探望，剛進門，便聽見兄長正痛苦哀號。走進內室，看到兄長的大腿長了膿瘡，膿血從傷口流出，雙腳懸掛在牆壁上，一如他在冥府所見。他驚訝的問兄長爲何將自己倒掛在牆上？兄長回答：「若不這樣倒掛，將痛徹心扉。」姓張的便把在冥府所見所聞告知兄長。和尚非常震驚，立刻戒掉葷酒，虔誠誦經。不過半個月，病已痊癒，從此成爲一名戒僧。

記下奇聞異事的作者如是說：「做壞事的人，以爲鬼獄不過是傳說而已，哪裡知道人世間的禍患，即來自幽冥的處罰。」

【卷一】僧孽

1稽：查核、稽查。
2謨：出了差錯。同今「誤」字，是誤的異體字。
3浼：讀作「每」，拜託、請求。
4冥獄：人死後，受刑的牢獄。
5九幽：原指極深暗的地底，此處指九泉之下，囚禁鬼魂之地。
6扎股穿繩：以繩子穿過大腿。扎，穿孔、穿洞。股，大腿。倒懸：人的雙腳被繩子綁住，頭下腳上的被吊掛在半空中。
7昭昭：人世間。冥冥：陰間、地府。

◆**但明倫評點**：生時痛苦，即是陰罰；焉得見者而告之，使孽海眾生，翻然而登彼岸。

活著時受苦，正是來自冥獄的處罰，豈能讓你看到了解，使陷落在苦海的芸芸眾生，幡然悔悟而得解脫。

119

白話翻譯，助讀懂故事

為了讓讀者能輕鬆閱讀，每篇故事均附白話翻譯（採取意譯，非逐句逐字譯）。

值得注意的是，由於《聊齋志異》為古典文言文短篇小說集，作者蒲松齡講述故事時有時過於精簡，白話翻譯將視情況需要，於貼合原典的準則下，增加一些補述，以求上下文語意完整。

插圖，圖文共賞不枯燥

為了更增《聊齋志異》故事閱讀的生動，一方面盡可能收錄晚清時期珍貴的《聊齋志異圖詠》線稿圖畫，另方面亦邀請廿一世紀新生代繪者尤淑瑜，以藝術家的眼光、樸實的全彩筆觸，讓故事場景更加躍然紙上。

評點，有助理解故事

評點，是中國獨特的文學批評形式，近似讀書心得或讀書筆記。礙於篇幅關係，無法將《三會本》所收錄的評點全都附上，每篇僅擇最切合故事要旨、或發人深省哲思的一家評點，供讀者參考。由於《聊齋志異》並非每篇故事都有評點，若無，即從缺。

常見的代表性評點有與蒲松齡同時代的王士禎評本（清康熙年間）、馮鎮巒評本（清嘉慶年間）、何守奇評本（約清道光年間），以及但明倫評本（清道光年間）。其中，以馮、但這兩家的評點特別能顯出故事中隱藏的思想精神，他們皆以儒家的道德實踐為準則，著重揭露蒲松齡寫作的思想要旨、故事中人物的心理活動，同時也涉及社會現象等層面。

目次

唐序[1]

諺有之云：「見橐駝謂馬腫背[2]。」此言雖小，可以喻大矣。夫[3]人以目所見者為有，所不見者為無。曰，此其常也；倏有而倏無則怪之。至於草木之榮落，昆蟲之變化，倏有倏無，又不之怪；而獨于神龍則怪之。彼萬竅之刁刁[4]，百川之活活，無所持之而動，無所激之而鳴，豈非怪乎？又習而安焉。獨至於鬼狐則怪之，至於人則又不怪。夫人，則亦誰持之而動，誰激之而鳴者乎？莫不曰：「我實為之。」

夫我之所以為我者，目能視而不能視其所以視，耳能聞而不能聞其所以聞，而況於聞見所不能及者乎？夫聞見所及以為有，所不及以為無，其為聞見也幾何矣。人之言曰：「有形形者，有物物者。」而不知有以無形為形，無物為物者。夫無形無物，則耳目窮矣，而不可謂之無也。有見蚊睫者，有不見泰山者；有聞蟻鬬[5]者，有不聞雷鳴者。見聞之不同者，聾瞽[6]未可妄論也。

自小儒為「人死如風火散」之說[7]，而原始要終之道，不明於天下；於是所見者愈少，所怪者愈多，而「馬腫背」之說昌行於天下。無可如何，輒以「孔子不語[8]」一詞了之，而齊諧[9]志怪，虞初[10]記異之編，疑之者參半矣。不知孔子之所不語者，乃中人以下不可得而聞者耳[11]，而謂《春秋》[12]盡删怪神哉！

留仙蒲子[13]，幼而穎異，長而特達。下筆風起雲湧，能為載記之言。於制藝舉業[14]之暇，凡所見聞，輒為筆記，大要多鬼狐怪異之事。向得其一卷，輒為同人取去；今再得其一卷之。凡為余所習知者，十之三四，最足以破小儒拘墟之見，而與夏蟲語冰也[15]。余謂事無論常怪，但以有害於人者為妖。故日食星隕，鶂飛鵒巢[16]，石言龍鬬，不可謂異；惟土木甲兵[17]之不時，與亂臣賊子，乃為妖異耳。今觀留仙所著，其論斷大義，皆本於賞善罰淫與安義命之旨，足以開物而成務[18]：正如揚雲《法言》[19]，桓譚[20]謂其必傳矣。

康熙壬戌仲秋既望[21]，豹岩樵史唐夢賚拜題

1唐序：唐夢賚為《聊齋志異》所作的序。唐夢賚（讀作「賴」），字濟武，號嵐亭，別字豹岩，山東淄川人，是蒲松齡的同鄉，兩人交情甚好。唐夢賚是清世祖順治六年（西元一六四九年）進士，授庶吉士；八年，授翰林院檢討，九年罷歸，那時他才廿六歲，從此著書作文，閒居鄉里。

2見橐駝謂馬腫背：看到駱駝以為是腫背的馬。橐駝，讀作「陀陀」，駱駝的別名。

3夫：讀作「福」，發語詞，無義。

4萬竅：世間所有的孔洞，如山谷、洞穴等。典出《莊子．齊物論》：「夫大塊噫氣，其名為風。是唯无作，作則萬竅怒號。」（大地間的呼吸，人們稱為風。要不就是靜止無聲，然而一旦吹起，世間的孔洞都會隨風怒號。）刁刁：草木動搖的樣子。

5鬬：同今「鬥」字，是鬥的異體字。

6瞽：讀作「古」，盲眼，眼睛看不見。

7小儒：指眼界短淺的普通讀書人。人死如風火散：與「人死如燈滅」同義，人死了就如同燈火熄滅，什麼也沒有。

8孔子不語：典出《論語．述而》：「子不語怪，力，亂，神。」（孔子不談論神怪以及死後之事。）

9齊諧：古代志怪之書，專記載一些神怪故事，另一說為人名；後代志怪之書多以此為書名，如《齊諧記》、《續齊諧記》。

10虞初：西漢河南人，志怪小說家。

11乃中人以下不可得而聞者耳：典出《論語．庸也》，子曰：「中人以上，可以語上也；中人以下，不可以語上也。」（中等資質以上的人，可以告訴他較高的學問；

中等資質以下的人，不可以告訴他較高的學問。）

12春秋：書名，孔子據魯史修訂而成，為編年體史書；所記起自魯隱公元年，迄魯哀公十四年，共二百四十二年；其書常以一字一語之褒貶，寓微言大義；因其記載春秋魯國十二公的史事，故也稱為「十二經」。

13留仙蒲子：指蒲松齡。

14制藝舉業：科舉考試。藝：即時藝，指八股文，科舉考試所用的文體。

15破小儒拘墟之見，而與夏蟲語冰也：破解一般讀書人的見識淺薄，進而談論超出見識的事物。拘墟之見、夏蟲語冰，典故皆出自《莊子．秋水篇》：「井鼃（同「蛙」字）不可以語於海者，拘於虛也；夏蟲不可以語於冰者，篤於時也。」（不可以跟井底的青蛙說海的廣大，這是受空間所限制；不可以跟夏蟲說冬天的寒冷，這是受時間的限制。）

16鸜飛鴝巢：鸜鳥飛到八哥的巢中，意指超出常理的怪異之事，因為八哥生活在樹上，而鸜是水鳥，兩者生活領域不相同，鸜卻飛到了八哥的巢。鸜，讀作「義」，一種水鳥。鴝，指雊鵒（讀作「鉤玉」），八哥的別名。

17土木甲兵：此應指天災與兵災戰亂。甲兵，原指鎧甲和兵械，後引申為戰亂、戰爭。

18開物而成務：開通萬物之理，使人事各得其宜，語出《易經．繫辭上》：「夫易，開物成務，冒天下之道，如斯而已者也。」（人如果通曉周易卦象之理，就可以了解萬物的紋理，社會的各種領域、制度，都脫不了周易所涵蓋的範圍）。

19揚雲《法言》：模擬《論語》語錄體裁而寫成的一部著作，內容是傳統的儒家思想；由揚雄所作，此處揚雲可能為筆誤。揚雄，字子雲，原本寫為楊雄，蜀郡成都（今四川成都郫都區）人，乃西漢哲學家、文學家、語言學家。

20桓譚：人名，字君山，東漢相人，生卒年不詳；博學多通，遍習五經，能文章，光武朝官給事中，力諫讖書之不正，帝怒，出為六安郡丞，道卒；著《新論》二十九篇。

21康熙壬戌：康熙二十一年，即西元一六八二年。仲秋：農曆八月。既望：農曆十五為望，十六為既望。

白話翻譯

俗諺說：「看到駱駝，以爲是腫背的馬。」這句話雖只是嘲諷那些不識駱駝的人，但也可廣泛用以比喻見識淺薄之人。一般人認爲看得見的東西才是眞實的，看不見的東西就是虛幻、不存在的。我說，這是人之常情；認爲一下子在，一下子又消失，是怪異現象。那麼，草木榮枯、花開花落、昆蟲的生長變化，也是一下子在，一下子消失，一般人卻又不覺怪異；唯獨認爲鬼神龍怪才是異事。世上的洞穴呼號、草木搖擺、百川流動，都毋需人相助即自行運作，沒有人刺激就自行鳴叫，難道這些現象不奇怪嗎？世人卻習以爲常。只認爲鬼怪狐妖是怪異的，但提到人，又不覺得奇怪。人的存在與行爲，又是誰來相助，誰來刺激的呢？一般人都會說：「這本來就是如此。」

我之所以是我，眼睛能看、卻看不見之所以讓我能看的原因；耳朵能聽、卻聽不到讓我之所以能聽的緣由，更何況，是那些看不見、聽不到的東西呢？能用感官加以經驗認識，就以爲是眞實，無法用感官去經驗認識，就以爲不存在；然而，能被感官認識的事物實則有限。有人說：「有形的東西必有形象，具體的東西才是眞實。」卻不知世間存有以無形爲有形，以不存在爲存在的事物。那些沒有形象、沒有具體的事物，乃礙於我們眼睛與耳朵的限制而無法認識，不能因此就說它們不存在。有人看得見蚊子睫毛這類細小的東西，卻也有人看不見泰山這麼大的事物；有人聽得到螞蟻的打鬥聲，卻也有人聽不到雷鳴。這都是因爲看見的東西與聽到的聲音有所不同罷了，不能因爲看不見某些事物就說他是瞎子，也不能因爲聽不到某些聲音就說他是聾子。

自從有些見識淺陋的讀書人提出「人死如風火散」的說法以後，探究世間事物發展始末的學問，就無法盛行於天下了；於是人們能看見的東西越來越少，覺得怪異的事也越來越

多，於是「以爲駱駝是腫背的馬」這類說詞充斥周遭。最後無可奈何，只好拿「孔子不語怪力亂神」這句話來敷衍搪塞。至於對齊諧志怪、虞初記異故事懷疑不信的人，至少也占了一半。這些人不了解，孔子所謂「不語怪力亂神」是指——中等資質以下的人即使聽了也不懂，還當作是《春秋》把怪神故事全都刪除了呢！

蒲留仙這個人，自幼聰穎，長大後更傑出。下筆如風起雲湧，有辦法將這類怪異故事記載下來。攻讀科舉考試閒暇之時，凡有見聞，便寫成筆記小說，大多是鬼狐怪異這類故事。之前我曾得到其中一卷，後來被人拿去；現在又再得一卷閱覽。凡我所讀到習得的事，十件裡有三、四件足可打破一般井底之蛙的見識，還能觸及耳目感官所不能經驗的事。我認爲，無論是我們習以爲常或怪奇難解的世事，其中只要對人有害，就是妖異。因此，日蝕與流星、水鳥飛到八哥巢中、石頭開口說話、龍打架互鬥之事，都不能算是妖異；只有天災人害、戰亂兵禍與亂臣賊子，才算妖孽。我讀留仙所寫故事，大意要旨皆源自賞善罰惡與安身立命之言論，適足以開通萬物之理；正如東漢的桓譚曾經說過，揚雄的《法言》必能流傳後世。

康熙二十一年農曆八月十六，豹岩樵史唐夢賚拜題

聊齋自誌

披蘿帶荔[1]，三閭氏感而為騷[2]；牛鬼蛇神，長爪郎[3]吟而成癖。自鳴天籟[4]，不擇好音[5]，有由然矣。松[6]落落秋螢之火，魑魅[7]爭光；逐逐野馬之塵[8]，罔兩[9]見笑。才非干寶，雅愛搜神[10]；情類黃州[11]，喜人談鬼。聞則命筆，遂以成編。久之，四方同人，又以郵筒相寄，因而物以好聚，所積益夥。甚者：人非化外，事或奇于斷髮之鄉[12]；睫在眼前，怪有過于飛頭之國[13]。遄飛逸興[14]，狂固難辭；永托曠懷，癡且不諱。展如之人[15]，得毋向我胡盧[16]耶？然五父衢[17]頭，或涉濫聽[18]；而三生石[19]上，頗悟前因。放縱之言，有未可概以人廢者。

松懸弧[20]時，先大人[21]夢一病瘠瞿曇[22]，偏袒[23]入室，藥膏如錢，圓黏乳際。寤[24]而松生，果符墨誌[25]。且也：少羸[26]多病，長命不猶。門庭之淒寂，則冷淡如僧；筆墨之耕耘，則蕭條似缽。每搔頭自念：勿亦面壁人[27]果是吾前身耶？蓋有漏根因[28]，未結人天之果[29]；而隨風蕩墮，竟成藩溷[30]之花。茫茫六道[31]，何可謂無理哉！獨是子夜熒熒[32]，燈昏欲蕊；蕭齋[33]瑟瑟，案冷凝冰。集腋為裘[34]，妄續幽冥之錄[35]；浮白載筆[36]，僅成孤憤[37]之書：寄托[38]如此，亦足悲矣！嗟乎！驚霜寒雀，抱樹無溫；弔月秋蟲，偎闌自熱。知我者，其在青林黑塞[39]間乎！

康熙己未[40]春日。

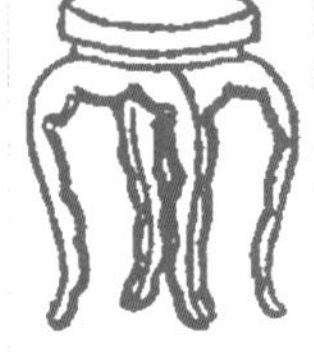

1 披蘿帶荔：語出《九歌》中的〈山鬼〉：「若有人兮山之阿，披薜荔兮帶女蘿。」這是指出沒在野外的山鬼，而薜荔、女蘿皆植物名。《九歌》原為南方楚地祭祀用的樂歌，經屈原潤色而成。分別為〈東皇太一〉〈雲中君〉〈湘君〉〈湘夫人〉〈大司命〉〈少司命〉〈東君〉〈河伯〉〈山鬼〉〈國殤〉及〈禮魂〉等十一篇。

2 三閭氏感而為騷：三閭氏，指屈原，他曾擔任楚國的三閭大夫。騷，指《離騷》，是屈原被楚懷王放逐漢水之北時所作自傳，抒發其懷才不遇的苦悶心情，以及理想抱負不得施展的悲苦。（編撰者按：蒲松齡之所以在作者自序中提及屈原所作《離騷》，可能是因他與屈原遭遇相似—蒲松齡鄉試落榜，正如空有滿腔抱負、卻不得君王重用的屈原。）

3 長爪郎：指唐朝詩人李賀，有「詩鬼」之稱；因其指爪長，故稱為「長爪郎」。

4 天籟：典故出自《莊子・齊物論》：「夫吹萬不同，而使其自己也。」天籟是無聲之聲，天籟因其無聲給出了一個空間，讓大自然的各種孔竅洞穴能發出聲音。此處指渾然天成的優秀詩作。

5 不擇好音：指這些作品雖好，卻不受世俗認可。

6 松：指本書作者，蒲松齡的自稱。

7 魑魅：讀作「癡媚」，山野中的鬼怪精靈。

8 野馬之塵：本意為塵土，此處指視科舉功名若塵土。

9 罔兩：亦作「魍魎」，山川草木中的鬼怪精靈。

10 才非干寶，雅愛搜神：不敢說自己才比干寶，只酷愛些鬼怪奇談而已。干寶，是東晉編集《搜神記》的作者，此書蒐羅了一些志怪故事，為中國古代志怪故事代表作。

11 黃州：指蘇軾，自子瞻，號東坡居士。蘇軾在宋神宗元豐二年（西元一〇六九年）因烏臺詩案獲罪，次年被貶謫黃州。他曾寫詩自嘲：「問汝平生功業，黃州惠州儋州。」

12 化外、斷髮之鄉：皆指未受教化的蠻夷之地。

13 飛頭之國：古代神話中，人首能夠分離、且會飛的奇異國度。

14 遄飛逸興：很有興致，欲罷不能。遄，讀作「船」，迅速。

15 展如之人：真摯、誠懇之人。依照上下文意，應指那些只相信現實經驗、而不相信那些奇幻國度的人。

16 胡盧：笑聲。

17 五父衢：路名，在今山東曲阜東南。孔子不知其生父所葬之地，而將母親葬於此處。衢，讀作「渠」，通達四方的大路。

18 濫聽：不實的傳聞。

19 三生石：宣揚佛教輪迴觀念的故事。佛教認為人沒有靈魂，但今生所造的業，會帶到來生。人今生今世所受的果報，無論善或惡，皆由過去累世累劫積累而成，而今生所造的業，亦影響來生所承受的果報。

20 懸弧：古人若生男孩，便將弓懸掛在門的左邊。

21 先大人：蒲松齡的先父。

22 瞿曇：梵文，讀作「渠談」，為釋迦牟尼佛的俗家姓氏，此處指僧人。

23 偏袒：佛家語，指僧侶。原指古印度尊敬對方的禮法，後為佛教沿用，僧侶在拜見佛陀時，須穿著露出右肩的袈裟以示尊敬；但平時佛教徒所穿袈裟，則無偏袒。

袒，讀作「坦」，裸露之意。

24 寤：讀作「物」，醒來、睡醒。

25 果符墨誌：與蒲松齡父親夢中所見僧人的胸前特徵相符——「藥膏如錢，圓黏乳際」。墨誌，指黑痣。

26 少羸：年少時，身體瘦弱。羸，讀作「雷」。

27 面壁人：和尚坐禪修行，稱為面壁。面壁人，代指和尚、僧人。

28 有漏根因：佛家語。有漏，由梵語轉譯，是流失、漏泄之意，意即煩惱。有漏因，即招致三界（欲界、色界、無色界）果報的業因，語出景德傳燈錄卷三菩提達磨章（大五一・二一九上）：「帝曰：『何以無功德？』師曰：『此但人天小果，有漏之因，如影隨形，雖有非實。』」原文中並無「根」字。

欲界，指一切有情眾生所住之世界，地獄、餓鬼、畜生、阿修羅、人、六欲天皆屬此。欲界之有情，是指有食欲、淫欲、睡眠欲等。

色界之眾生脫離淫欲，不著穢惡之色法，此界之天眾無男女之別，其衣是自然而至，而以光明為食物及語言。

無色界，指超越物質現象經驗之世界，此界之有情眾生，沒有無色法、場所，無空間高下之分別。

29 人天之果：佛家語。有漏之業的善果。

30 藩溷：籬笆和茅坑。溷，讀作「混」。

31 六道：佛家語。眾生往生後各依其業前往相應的世界，分別為：地獄道、餓鬼道、畜生道、阿修羅道、人間道、天道。前三道為惡，後三道為善。

32 熒熒：讀作「迎迎」，微弱光影閃動的樣子。

33 蕭齋：對自己所居房屋或書齋的謙詞，典故出自——梁武帝造寺，命蕭子雲於寺院牆上寫一「蕭」字。寺院毀壞後，刻字的殘壁仍保存下來。至唐朝李約，將此牆壁運歸洛陽，匾於小亭，以供賞玩，稱為「蕭齋」。

34 集腋為裘：意謂此部《聊齋志異》，集結了眾人之力，積少成多才完成。

35 幽冥之錄：南朝宋劉義慶所編纂的志怪小說集，屬於六朝志怪筆記小說，篇幅短小，為後世小說的先驅。

36 浮白：暢飲。載筆：此指寫作著書。

37 孤憤：原為《韓非子》一書的其中一篇篇名。此指憤世嫉俗的著作，意即對一些看不慣的世俗之事執筆記錄下來，以表心中悲憤。

38 寄托：寄託言外之音於文辭之間，猶言寓言。

39 青林黑塞：指夢中的地府幽冥。

40 康熙己未：清朝康熙十八年（西元一六七九年）。這一年，蒲松齡四十歲。

白話翻譯

野外的山鬼，讓屈原有感而發寫成了《離騷》；牛鬼蛇神，被李賀寫入了詩篇。這種獨樹一幟的作品，不見容於世俗，其來有自。我於困頓時，只能與魑魅爭光；無法求取功名，受到鬼怪的嘲笑。雖不像干寶那樣有才華，能寫出流傳百世的《搜神記》，卻也喜愛志怪故事；也與被貶謫黃州的蘇軾一樣，喜與人談論鬼怪故事。聽到奇聞怪事就動筆記錄下來，這才編成了這部書。久而久之，各地同好便將蒐羅來的鬼怪故事寄給我，物以類聚，內容更加豐富。甚至一人不處於蠻荒之地，卻有比蠻荒更離奇的怪事發生；即便在我們周遭，也有比飛頭國更古怪的事情。我越寫越有興趣，甚至到了發狂的地步；長期將精力投注於此，連自己都覺得癡迷。那些不信鬼神的人，恐怕要嘲笑我。道聽塗說之事，或許不足採信；然而這些荒謬怪誕的傳聞，有助於人認清事實，增長智慧。這些志怪故事的價值，不可因作者籍籍無名而輕易作廢。

我出生之時，先父夢到一名病瘦的僧人，穿著露肩袈裟入屋，胸前貼著一個似錢幣的圓形膏藥。夢醒，我就出生了，胸前果然有一個黑痣。且我年幼體弱多病，恐活不長。門庭冷清，如僧人般過著清心寡慾的日子；整天埋首寫作，貧窮如僧人的空缽。常常自想，莫非那名僧人眞是我的前世？我前世所做的善業不夠，所以才沒法到更好的世界；只能隨風飄蕩，落入污泥糞土之中。虛無飄渺的六道輪迴，不可謂全無道理。特別是在深夜燭光微弱之際，燈光昏暗蕊心將盡，書齋更顯冷清，書案冷如冰。我想集結眾人之力，妄圖再續《幽冥錄》；飲酒寫作，成憤世嫉俗之書：只能將平生之志寄託於此，實在可悲！唉！受盡風霜的寒雀，棲於樹上感受不到溫暖；憑弔月光的秋蟲，依偎著欄杆還能感到一絲溫暖。知我者，大概只有黃泉幽冥之中的鬼了！

寫於康熙十八年春。

為學當須與誠篤並行，
不可失卻心中良知的準繩。
否則空有聰慧智識，欠缺內省修為，
儀表堂堂無異於衣冠禽獸也。

卷十

三生

湖南某，能記前生三世。一世為令尹，闈場[1]入簾[2]。有名士興于唐被黜落，憤懣而卒，至陰司執卷訟之。此狀一投，其同病死者以千萬計◆，推興為首，聚散成群。某被攝去，相與對質。閻羅便問：「某既衡文[3]，何得黜佳士而進凡庸？」某辨言：「上有總裁[4]，某不過奉行之耳。」閻羅即發一簽，往拘主司。久之，勾至。閻羅即述某言。主司曰：「某不過總其大成；雖有佳章，而房官[5]不薦，吾何由而見之也？」閻羅曰：「此不得相諉，其失職均也，例合笞[6]。」方將施刑，興不滿志，戛然[7]大號；兩墀[8]諸鬼，萬聲鳴和。閻羅問故，興抗言曰：「笞罪太輕，是必掘其雙睛，以為不識文字之報。」閻羅不肯，眾呼益厲。閻羅曰：「彼非不欲得佳文，特其所見鄙耳。」眾又請剖其心。閻羅不得已，使人褫去袍服，以白刃劙[9]胸，兩人瀝血鳴嘶。眾始大快，皆曰：「吾輩抑鬱泉下，未有能一伸此氣者；今得興先生，怨氣都消矣。」鬨然遂散。

某受剖已，押投陝西為庶人子。年二十餘，值土寇大作，陷入賊中。有兵巡道[10]往平賊，俘擄甚眾，某亦在中。心猶自揣非賊，冀可辯釋。及見堂上官，亦年二十餘，細視，則興生也。驚曰：「吾合盡矣！」既而俘者盡

◆**但明倫評點：**孫山外無數冤魂。試士盛於唐代，此興于唐之所以命名也。則自唐歷宋、元、明以來，被黜落而憤懣以卒者，何可勝數，宜其狀一投而萬聲響應也。

落榜的冤魂數以萬計。科舉考試自唐代盛行，這是興于唐的命名由來。科舉考試從唐代歷經宋、元、明，不被考官錄取、憤懣不平而死的人，哪裡能數得完？投一張狀紙而萬鬼紛紛響應，這是理所應當之事。

釋，惟某後至，不容置辨，竟斬之。某至陰司投狀訟興。閻羅不即拘，待其祿[11]盡，遲之三十年，興始至，面質之。興以草菅人命，罰作畜。稽某所為，曾撻其父母，其罪維均[12]。某恐來生再報，請為大畜。閻羅判為大犬，興為小犬。

某生於北順天府[13]市肆中。一日，臥街頭，有客自南中來，攜金毛犬，大如狸。某視之，興也。心易其小，齕[14]之。小犬齕[15]其喉下，繫綴如鈴。大犬擺撲嗥[16]竄，市人解之不得。俄頃，俱斃。並至冥司，互有爭論。閻羅曰：「冤冤相報，何時可已。今為若[17]解之。」乃判興來世為某婿。

某生慶雲[18]，二十八舉於鄉。生一女，嫺靜娟好，世族爭委禽[19]焉。某皆弗許。偶過臨郡，值學使發落諸生，其第一卷[20]李姓，實興也。遂挽至旅舍，優厚之。問其家，適無偶，遂訂姻好。人皆謂某憐才，而不知有夙因也。既而娶女去，相得甚歡。然婿恃才輒侮翁，恆隔歲不一至其門。翁亦耐之。後婿中歲淹蹇[21]，苦不得售[22]，翁百計為之營謀，始得志於名場。由此和好如父子焉。

異史氏曰：「一被黜而三世不解，怨毒之甚至此哉！閻羅之調停固善；然墀下千萬眾，如此紛紛，勿亦[23]天下之愛婿，皆冥中之悲鳴號動者耶？」

1 闈場：科舉考試的考場，此指鄉試。
2 入簾：此指擔任內簾官，即負責閱卷的考官。
3 衡文：此指審批試卷並評量等第。
4 總裁：指主考官。
5 房官：又稱房師。科舉時代，舉子稱所屬的閱卷考官為「房師」。
6 笞：讀作「吃」，鞭打。
7 戛然：擬聲詞。原為形容物體互相撞擊之聲，此指大聲哭鬧的聲音。戛，讀作「夾」。
8 墀：讀作「持」，臺階上的平地。
9 劙：讀作「離」，用刀切割。
10 兵巡道：官名。清代沿襲明舊制，仍設分巡諸道，簡稱巡道，負責維持管轄區域內的治安。
11祿：此指陽壽。
12均：相同。
13順天府：今北京市。
14齕：讀作「和」，以牙齒去咬。
15齩：讀作「交」，咬。
16嗥：讀作「豪」，吼叫、號哭之意。
17若：你。

18慶雲：古代縣名。今山東省慶雲縣。
19委禽：婚娶習俗中的下聘禮。
20第一卷：放在最上面的第一張試卷。即第一名。
21淹蹇：久留、耽擱，此處引申為困頓不得志。蹇，讀作「簡」，困頓不順。
22售：科舉上榜。
23勿亦：莫非。

白話翻譯

湖南有個人能記得前三世的事。第一世，他做了縣令，擔任科舉考試的內簾官。有個叫興于唐的秀才落榜，悲憤鬱悶而死，到了陰司遞狀子控告這個人。狀子一遞上去，同病相憐的鬼魂約有千萬人，他們推舉興于唐爲代表，聚集在一起。此人的魂魄於是被勾到陰間，與興于唐對質。閻王問：「你既然負責閱卷，爲何有才學的士人不錄取，反而錄取平庸的人？」這個人辯解道：「我上頭還有主考官，我不過奉命行事而已。」閻王馬上發下一支簽牌，派人拘捕主考官。過了段時間，主考官的魂魄被勾來了，閻王就把這個人的話轉述一遍。主考官說：「我只是負責將評審的結果做個總結；就算有好的文章，閱卷官不推薦，我又怎麼看得到呢？」閻王說：「這件事你們不能互相推諉，兩人同樣失職，按照律例要受杖責。」剛要施刑，興于唐對此判決不滿意，放聲大哭起來，站在兩側臺階下的冤鬼們也齊聲應和。閻王問是何緣故，興于唐抗議：「杖責太輕了，至少要把眼睛挖掉，作爲他們有眼無珠，分不清文章優劣的報應！」閻王不肯，眾鬼哭喊得厲害。閻王說：「他們不是見不得好文章，只是他們見識太過淺陋。」眾鬼又請求挖出他們的心。閻王不得已，命人脫去兩人官服，用利刃剖開他們的胸膛。兩人鮮血淋漓，失聲哀號。眾鬼才滿意，都說：「我們含冤鬱悶於九泉之下，沒有人爲我們出這口氣，如今全靠興先生，怨氣都消散了。」於是一哄而散。

這個人受了剖心之刑，後被押往陝西，投胎成爲平民的兒子。二十多歲時，正好遇上土匪作亂，他身陷賊窟，有位兵巡道率兵前往平定賊寇，俘獲很多土匪，這個人也在裡面。他心想，反正他也不是土匪，希望可以爲自己辯護獲得釋放。等他見了堂上官員，同爲二十多歲，再仔細一看，居然是興于唐。他驚訝地說：「我必死無疑！」俘虜後來全被釋放，只剩下這個人最後才到，興于唐也不給他辯解機會，竟就地處斬了。這個人到了陰司，狀告興于唐，閻王卻不立刻羈拿歸案，要等到他的壽命結束。過了三十年，興于唐總算來了，與這個人當面對質。興于唐因爲草菅人命，罰作投胎爲畜牲。閻王又查核這個人的生前行爲，他曾經打過父母，罪和興于唐也差不多。這個人怕來世興于唐會藉故報仇，要求轉世做高大的畜牲。閻王便將他判爲大狗，興于唐爲小狗。

某人出生在順天府北邊的的集市上。一天，他正臥在街頭，有個客人從南方來，帶著一條金毛狗，和狸貓差不多大。某人一看，原來是興于唐。某人見牠體型嬌小好欺侮，立刻撲上去咬牠，那小狗反過來咬在某人喉下，像一顆繫在脖子上的鈴鐺。大狗左右亂搖亂竄，不斷嗥叫，集市上的人想把牠們分開，如何都做不到。一會兒功夫，兩隻狗都死了，雙方一起來到陰司告狀，爭論不休。閻王說：「冤冤相報，何時能了？我幫你們化解罷。」便判定興于唐來世做這個人的女婿。

這個人投胎到慶雲縣，二十八歲考中舉人。他有個女兒，性情嫻淑文靜，容貌娟雅秀麗，大戶人家爭相提親，這個人都不答應。有一次，他經過附近縣城，正碰上提督學政根據考生的成績，評判高下優劣。考取第一的考生姓李，是興于唐投胎的，這個人就拉著他的手，來到旅館盛情招待。問到李生家中情況，剛好沒有妻子，這個人就把女兒嫁給他。別人都以爲這個人是愛惜人才，卻不知他們有夙世因緣。後來興于唐把這個人的女兒娶回家，夫妻相得甚歡，但是女婿自恃頗有才華，經常侮辱岳父，一整年都不回娘家問候。這個人倒也對他諸多容忍，後來，女婿到了中年依舊困頓不得志，岳父千方百計爲他謀劃，好不容易才上榜。從此，兩人和好，如同親父子一般。

記下奇聞異事的作者如是說：「一次落榜，竟結下三世怨仇，怨恨竟然如此之深！閻王調解的用意雖然好，但是殿階下尚有千萬冤鬼，莫非普天之下，所有受岳父垂青的女婿，都是陰司那群悲憤號叫的冤鬼投胎的嗎？」

三生
三載研鑽一
日爭何堪瞶
瞶掌文衡
仇尋累世
難消釋
不扶雙睛
怒不平

長亭

石太璞，泰山[1]人，好厭禳[2]之術。有道士遇之，賞其慧，納為弟子。啟牙籤[3]，出二卷，上卷驅狐，下卷驅鬼，乃以下卷授之，曰：「虔奉此書，衣食佳麗皆有之。」問其姓名，曰：「吾汴城[4]北村玄帝[5]觀王赤城也。」留數日，盡傳其訣。石由此精於符籙[6]，委贄[7]者踵接於門。一日，有叟來，自稱翁姓，炫陳幣帛，謂其女鬼病已殆，必求親詣。石聞病危，辭不受贄，姑與俱往。十餘里入山村，至其家，廊舍華好。入室，見少女臥縠幬[8]中，婢以鉤挂帳。望之年十四五許，支綴[9]於床，形容已槁。近臨之，忽開目云：「良醫至矣。」舉家皆喜，謂其不語已數日矣。石乃出，因詰病狀。叟言：「日晝見少年來，與共寢處，捉之已杳，少間復至，意其為鬼。」石曰：「其鬼也，驅之匪難；恐其是狐，則非余所敢知矣。」叟云：「必非必非。」石授以符，是夕宿於其家。

夜分，有少年入，衣冠整肅。石疑是主人眷屬，起而問之。曰：「我鬼也。翁家盡狐。偶悅其女紅亭，姑止焉。鬼為狐祟，陰騭[10]無傷，君何必離人之緣而護之也？女之姊長亭，光豔尤絕。敬留全璧[11]，以待高賢。彼如許字，方可為之施治；爾時我當自去。」石諾之。是夜，少年不復至，女頓醒。天明，叟喜，以告石，請石入視。石焚舊符，乃坐診之。見繡幕有女郎，麗若天人，心知其長亭也。診已，索水灑幬。女郎急以碗水付之，蹀躞[12]之間，意動神流。石生此際，心

殊不在鬼矣。出辭叟，託製藥去，數日不返。

鬼益肆，除長亭外，子婦婢女，俱被淫惑。又以僕馬招石，石託疾不赴。明日，叟自至。石故作病股狀，扶杖而出。叟拜已，問故。曰：「此鰥之難也！曩夜[13]婢子登榻，傾跌，墮湯夫人[14]泡[15]兩足耳。」叟問：「何久不續？」石曰：「恨不得清門[16]如翁者。」叟默而出。石走送曰：「病瘥[17]當自至，無煩玉趾也。」又數日，叟復來；石跛而見之。叟慰問三數語，便曰：「頃與荊人[18]言，君如驅鬼去，使舉家安枕，小女長亭，年十七矣，願遣奉事君子。」石喜，頓首於地。乃謂叟：「雅意若此，病軀何敢復愛。」立刻出門，並騎而去。入視祟者既畢，石恐背約，請與媼盟。媼遽出曰：「先生何見疑也？」即以長亭所插金簪，授石為信。石朝拜之。已，乃遍集家人，悉為祓除[19]。惟長亭深匿無跡；遂寫一佩符，使人持贈之。

是夜寂然，鬼影盡滅，惟紅亭呻吟未已，投以法水，所患若失。石欲起辭，叟挽止殷懇。至晚，肴核[20]羅列，勸酬殊切。漏二下，主人乃辭客去。石方就枕，聞叩扉甚急；起視，則長亭掩入，辭氣倉皇，言：「吾家欲以白刃相仇，可急遁！」言已，逕返身去。石戰懼無色，越垣急竄。遙見火光，疾奔而往，則里人夜獵者也。喜。待獵畢，乃與俱歸。心懷怨憤，無之可伸，思欲之汴城尋赤城，而家有老父，病廢[21]已久，日夜籌思，莫決進止。忽一日，雙輿至門，則翁媼送長亭至，謂石曰：「曩夜之歸，胡再不謀？」石見長亭，怨恨都消，故亦隱而不發。媼促兩人庭拜訖。石將設筵，辭曰：「我非閒人，不能坐享甘旨。我家老子昏眊[22]，倘有不悉[23]，郎肯為長亭一念老身，為幸多矣。」登車遂去。蓋殺婿之謀，媼不之聞；及追之不得而返，媼始知之。頗不

能平，與叟日相詬誶[24]；長亭亦飲泣不食。媼強送女來，非翁意也。長亭入門，詰之，始知其故。

過兩三月，翁家取女歸寧。石料其不返，禁止之。女自此時一涕零。年餘，生一子，名慧兒，買乳媼哺之。然兒善啼，夜必歸母。一日，翁家又以輿來，言媼思女甚。長亭益悲，石不忍復留之。欲抱子去，石不可，長亭乃自歸。別時，以一月為期，既而半載無耗。遣人往探之，則向所僦[25]宅久空。又二年餘，望想都絕；而兒啼終夜，寸心如割。既而石父又病卒，倍益哀傷；因而病憊，苫次[26]彌留，不能受賓朋之弔。方昏憒間，忽聞婦人哭入。視之，則縗絰[27]者長亭也。石大悲，一慟遂絕。婢驚呼，女始啜泣，撫之良久，始漸甦。自疑已死，謂相聚於冥中。女曰：「非也。妾不孝，不能得嚴父心，尼歸[28]三載，誠所負心。適家人由海東經此，得翁凶問[29]。妾遵嚴命而絕兒女之情，不敢循亂命[30]而失翁媳之禮。妾來時，母知而父不知也。」言間，兒投懷中。言已，始撫之，泣曰：「我有父，兒無母矣！」兒亦噭啕[31]，一室掩泣。女起，經理家政，柩前牲盛潔備，石乃大慰。

而病久，急切不能起。女乃請石外兄[32]款洽弔客。喪既閉，石始杖而能起，相與營謀齋葬[33]。葬已，女欲辭歸，以受背父之譴。夫挽兒號，隱忍而止。未幾，有人來告母病，乃謂石曰：「妾為君父來，君不為妾母放令去耶？」石許之。女使乳媼抱兒他適，涕洟出門而去。去後，數年不返。石父子漸亦忘之。一日，昧爽啟扉，則長亭飄入。石方駭問，女戚然坐榻上，嘆曰：「生長閨閣，視一里為遙；今一日夜而奔千里，殆矣！」

細詰之，女欲言復止。請之不已，哭曰：「今為君言，恐妾之所悲，而君之所快也。邇年徙居晉界，僦居趙搢紳之第。主客交最善，以紅亭妻其公子。公子數逋蕩[34]，家庭頗不相安。妹歸告父；父留之，半年不令還。公子忿恨，不知何處聘一惡人來，遣神綰鎖[35]，縛老父去。一門大駭，頃刻四散矣。」石聞之，笑不自禁。女怒曰：「彼雖不仁，妾之父也。妾與君琴瑟數年，止有相好而無相尤。今日人亡家敗，百口流離，即不為父傷，寧不為妾弔乎！聞之忭舞[36]，更無片語相慰藉，何不義也！」拂袖而出。石追謝之，亦已渺矣。悵然自悔，拚[37]已決絕。

過二三日，媼與女俱來，石喜慰問。母女俱伏。驚而詢之，母子俱哭。女曰：「妾負氣而去，今不能自堅[38]，又卻求人，復何顏矣！」石曰：「岳固非人；母之惠，卿之情，所不忘也。然聞禍而樂，亦猶人情，卿何不能暫忍？」女曰：「頃於途中遇母，始知縶[39]吾父者，蓋君師也。」石曰：「果爾，亦大易。然翁不歸，則卿之父子離散；恐翁歸，則卿之夫泣兒悲也。」媼矢以自明，女亦誓以相報。石乃即刻治任[40]如汴，詢至玄帝觀，則赤城歸未久。入而參之。便問：「何來？」石視廚下一老狐，孔[41]前股而縶之。笑曰：「弟子之來，為此老魅。」赤城詰之，曰：「是吾岳也。」因以實告。道士謂其狡詐，不肯輕釋。固請，乃許之。石因備述其詐，狐聞之，塞身入灶，似有慚狀。道士笑曰：「彼羞惡之心，未盡亡也。」石起，牽之而出，以刀斷索抽之。狐痛極，齒齦齦[42]然。石不遽抽，而頓挫之，笑問曰：「翁痛之，勿抽可耶？」狐睛睒閃[43]，似有慍色。既釋，搖尾出觀而去。石辭歸。

三日前，已有人報叟信，媼先去，留女待石。石至，女逆而伏。石挽之曰：「卿如不忘琴瑟之情，不在[44]感激也。」女曰：「今復遷還故居矣，村舍鄰邇[45]，音問可以不梗。妾欲歸省，三日可旋，君信之否？」曰：「兒生而無母，未便殤折。我日日鰥居，習已成慣。今不似趙公子，而反德報之，所以為卿者盡矣。如其不還，在卿為負義，道里雖近，當亦不復過問，何不信之與有？」女次日去，二日即返。問：「何速？」曰：「父以君在汴曾相戲弄，未能忘懷，言之絮絮；妾不欲復聞，故早來也。」自此閨中之往來無間，而翁婿間尚不通弔慶[46]云。

異史氏曰：「狐情反覆，譎詐[47]已甚。悔婚之事，兩女而一轍，詭可知矣。然要而婚之，是啟其悔者已在初也。且婿既愛女而救其父，止宜置昔怨而仁化之；乃復狎弄於危急之中，何怪其沒齒不忘也！天下之有冰玉[48]之不相能者，類如此。」

◆**但明倫評點：**篇中多凝煉之句，亦流利，亦端莊，文筆之當行出色者。

整篇頗多緊湊簡練的文句，流利順暢，端莊典雅，文筆在文人當中算是極為出色的。

1 泰山：今山東省泰安市。
2 厭禳：讀作「壓攘」。作法術消災解難。禳，以祭祀來祈禱疾病痊癒或解除災禍。
3 牙籤：類似今之書籤，用獸牙骨做成的籤棒，用以繫在書上做標識。此處借指書套。
4 汴城：今河南省開封市。
5 玄帝：玄天大帝。傳說是玄武，北方的神，道教遵奉為大帝。
6 符籙：道士所傳用以驅邪治病的祕密文書。
7 贄：讀作「至」，見面禮。
8 縠幃：帷幕。縠，讀作「胡」，皺紗。
9 支綴：病虛體弱，軟弱無力。
10 陰騭：暗中做施德於人的善行，也稱「陰德」、「陰功」。騭，讀作「至」。
11 全璧：處女。此指尚未出嫁、待字閨中的少女。
12 蹀躞：讀作「碟謝」，小步行走的樣子。
13 曩夜：前一夜。曩，讀作「囊」的三聲，以前、昔日之意。
14 湯夫人：一種扁形瓶子，裡面裝熱水，用來暖腳。
15 泡：燙傷。
16 清門：清貴的門第。
17 瘥：讀作「拆」的四聲，病癒。
18 荊人：內人、拙荊。對自己妻子的謙稱。
19 祓除：此指驅邪。祓，讀作「福」。
20 肴核：泛指蔬菜水果。
21 病廢：臥病在床而行動不便。

22 昏眊：此處形容年老昏聵，不明事理。眊，讀作「茂」，眼睛看不清楚的樣子。
23 不悉：不周到，得罪之處。
24 詬誶：爭吵叫罵。誶，讀作「歲」。
25 僦：讀作「舊」，租賃。
26 苫次：居父母之喪。苫，讀作「山」，草蓆，居喪之人用草蓆墊著睡覺，故借代為居喪之意。
27 縗絰：讀作「崔跌」，麻布製成的喪服。
28 尼歸：因受阻礙而沒回去。尼，讀作「逆」，阻礙、阻止。
29 凶問：噩耗、死訊。
30 亂命：原指人臨終時，神智不清的遺言。此指不合理的指令。
31 噭咷：嚎啕大哭。噭，讀作「叫」。
32 外兄：即表兄。
33 齋葬：料理後事，如超渡、下葬等喪葬事宜。
34 數逋蕩：遊手好閒。逋，讀作「補」的一聲，逃離、曠職之意。
35 綰鎖：用繩子綁縛。綰，讀作「挽」。
36 忭舞：興高采烈，手舞足蹈。忭，讀作「變」，歡欣。
37 拚：讀作「判」，此指放棄。
38 自堅：堅守立場。
39 縶：讀作「執」，捆綁、綁縛。此指抓捕。
40 治任：整理行裝。
41 孔：作動詞，穿孔、打洞。
42 齦齦：讀作「吟吟」，咬嚙的樣子。
43 睒閃：眼睛閃閃發光。睒，讀作「閃」。
44 不在：不必。
45 鄰邇：相隔甚近。
46 不通弔慶：不相往來。弔慶，互相往來、問候。
47 譎詐：狡猾欺詐。
48 冰玉：代稱岳父和女婿。

白話翻譯

石太璞，泰山人，喜歡治病驅邪之術，偶然遇到一個道士，對他的聰明才智很賞識，就收他爲徒。道士打開書套，取出兩卷書，上卷驅除狐祟，下卷驅除鬼怪。道士把下卷送給他，說：「只要你能虔誠學習這卷書，保你衣食無憂，且能抱得美人歸。」問道士姓名，只說：

「我是汴城北村玄帝觀的王赤城。」道士留下來住了數日，把所學傾囊相授，石太璞從此精通符籙道術，上門送禮來求他驅除邪祟的人絡繹不絕。

有一天，一個老叟上門，自稱姓翁，拿出了大筆錢財展示，說他的女兒被鬼侵擾得快死了，定要他親自前往醫治。石太璞聽說他女兒病危，不肯接受禮物，暫且和翁老前往看看情況。走了十多里路，他們進入山裡的村子，到了翁家，見到房屋美輪美奐。石太璞走進閨房，見一名少女躺在紗帳後，丫鬟把紗帳拉起掛在鉤子上，只見那名少女年約十四、五歲，奄奄一息躺在床上，面容憔悴，身體已經瘦得不成人樣。石太璞走上前，少女忽然睜開眼睛，說道：「良醫來啦。」全家都很高興，說她已經好幾天沒有開口說話了。石太璞走出房間，詢問少女的病情。翁老說：「白天見到一個少年前來，跟她在床上歡好，要捉他時已經消失；不久又來了一次，料想他應該是個鬼。」石太璞說：「如果是鬼，要驅除此鬼不難，只怕他是個狐妖，那我就不能打包票了。」翁老說：「肯定不是狐妖。」石太璞把符咒交給翁老，當晚就住在，他家。

夜半時分，有一名少年進來，穿戴得很是齊整。石太璞以爲是主人的家眷，主動起身詢問。少年說：「我是個鬼，翁老全家都是狐妖。我偶然間喜歡上他的女兒紅亭，才留在這裡，鬼迷惑狐狸，無損陰德，你又何必拆散我們的姻緣而保護狐妖呢？紅亭的姊姊長亭，長得更加美豔動人，我留著她的完璧之身，等待與她有緣的賢能君子。如果翁老願意將長亭許配給你，你才能替紅亭醫治，屆時我自然會離去。」石太璞允諾。這天晚上，少年沒有再來，紅亭頓時甦醒。天亮以後，翁老很高興，將此事告知石太璞，請他進去探視。石太璞將原先的符燒掉，才坐下來診病。繡幕後面有位女子，美若天仙，石太璞心知她就是鬼所說的長亭。診斷完畢，石太璞要碗清水灑在紗帳上，長亭急忙捧來一碗水給他。只見她小步挪移，風韻神采動人心魄。石太璞這個時候心思已經沒放在驅鬼上了。他走出紅亭閨房，向翁老辭行，藉口說要回去製藥，數日不歸。

鬼怪自此更加肆虐，除了長亭以外，翁家的媳婦丫鬟，都被他迷惑姦淫了。翁老派僕人騎馬去請石太璞來。石太璞謊稱自己染病，不能前往，第二天，翁老親自登門拜訪。石太璞裝作大腿受傷，拄著拐杖走出來。翁老向他施禮，問他的腿怎麼弄傷的。石太璞說：「這就是單身的苦處啊！昨夜丫鬟鋪被褥時，不慎跌倒，把湯婆子給打翻，燙傷了我的雙腿。」翁老頭問：「爲何單身這麼久還不續弦呢？」石太璞說：「只恨遇不到像您這樣的清貴門第。」

翁老聽了，默不作聲地出了門。石太璞走出來送他，說：「等我病好了自然會登門拜訪，就不勞煩您再跑一趟。」過了幾天，翁老又來了，石太璞跛著腳來見他。翁老頭說了幾句安慰的話，然後說：「我和內人商量過了，你若能將鬼趕走，讓我們全家可高枕無憂，我有個女兒長亭，今年十七歲了，願意把她嫁給你。」石太璞很高興，跪在地上磕頭，對翁老說：「承蒙您的盛情，區區小病何足掛齒？」立刻出了門，和翁老一同騎馬而去。進入翁家的閨房中看完病人，怕翁老反悔，請翁老夫人出來訂下婚約。翁老夫人出來道：「先生不必懷疑，答應過的事情不會反悔。」就把長亭的金簪交給石太璞作爲訂親的信物。石太璞興高采烈地收下，然後把翁家的人都叫過來，逐一替他們驅除鬼氣。翁家只有長亭沒有露面，石太璞就畫了一道佩戴在身上的平安符，派人拿給她。

當晚，四周悄無聲息，連鬼的影都沒瞧見，紅亭還在呻吟，石太璞給她喝下法水，紅亭的病就痊癒了。第二天一早，石太璞準備告辭啓程，翁老誠懇地再三挽留。晚上，翁老命人準備豐盛的酒席，席間殷勤勸酒。直到二更天時，翁老才起身告辭回屋休息。石太璞剛躺上床，就聽到急促的敲門聲，他起來開門，只見長亭快速進屋，氣喘吁吁地說：「我家人想要殺你，你快逃！」說完轉身就走。石太璞嚇得魂不附體，急忙跳牆逃走。望見遠處有燈光，他迅速跑過去，原來是村中夜晚打獵的獵人，石太璞大喜，等他們打完獵，便跟著一同返家。他一腔怒火，卻無處發洩，想要到汴城找王赤城相助，無奈家中老父久病在床，不得分身。他日夜思索，仍苦無對策。

有一天，忽有兩輛車子停在石家門口，原來是翁老夫人送長亭前來，她對石太璞說：「那天晚上你匆促離去，怎麼不跟我們說一聲，也好謀劃一番？」石太璞見到長亭，怨氣全消，隱住了實情沒說。翁老夫人催促兩人在廳堂拜了天地，石太璞要設宴款待，翁老夫人說：「我還有事情要處理，就不留下來吃這頓飯了，我家老爺子是個老糊塗，如果有什麼得罪之處，請你

長亭
驪鬼新傳一卷
書淂逢佳麗信
非虛芳名早作
分離識冰玉偏
難積怨除

看在長亭的面子上，看我在的薄面上，不要跟他計較，這樣我就心滿意足了。」說完便上車回去。原來，殺女婿的計策，翁老夫人是被蒙在鼓裡的，等到翁老計策失敗回家後，翁老夫人才知曉此事，心中十分不悅，每天都爲這件事和老爺子爭吵。長亭也哭泣流淚，食不下嚥。翁老夫人瞞著翁老，悄悄把女兒送來與石太璞完婚。長亭過門以後，石太璞詢問她事情原委，才知曉這其中緣故。

兩、三個月後，翁家來把長亭接回娘家，石太璞知道她這一去就不會再回來，便不肯讓她走，長亭從此時常傷心落淚。一年多後，長亭生下一子，名喚慧兒，請了奶媽哺乳。然而慧兒時常哭鬧，夜裡一定要母親哄著睡覺。

有一天，翁家派車來接長亭，說是翁老夫人很思念女兒。長亭更加悲傷，石太璞也不忍心再阻止。長亭想帶慧兒一起回娘家，石太璞不答應，長亭只好孤身上路。臨別之時，長亭約定一個月便歸家，但過了大半年卻音訊全無。石太璞派人去翁家打探消息，才知翁家早已經舉家搬遷。又過了兩年有餘，石太璞已經徹底斷了對長亭的念想，知道她不會再回來了，慧兒整天哭著要找母親，石太璞聽了心如刀割，十分悲痛。不久，石父病逝了，石太璞也因悲傷過度生病了，居喪時病情更加嚴重，連親朋好友前來弔唁也不能親自接待。

就在石太璞病得不省人事之時，忽聽有女子哭聲。那女人哭著走進來，他抬頭一看，竟然是長亭，她披麻帶孝站在面前，石太璞看見長亭，心中悲痛之情觸動，就地昏死過去。丫鬟驚慌失措地呼喊，長亭這才不再哭泣，替他按摩好久，石太璞才緩緩醒過。他懷疑自己已經死了，還以爲是在陰間與長亭相聚。長亭說：「不是，是我不孝，不能討父親的歡心，這三年家父阻止我回來，辜負你一片深情。剛好家人從海東經過這裡，這才知道公公過世的噩耗，我遵照父親的意思，斷絕兒女私情，卻不敢遵從不合理的命令，違背身爲兒媳應盡的禮數。我來的時候，只有母親知道，父親仍被蒙在鼓裡。」正在談話時，慧兒投入母親的懷抱。長亭說完，才撫摸慧兒，哭著說：「我只顧念父女的情義，卻讓我的兒子失去母親的照顧！」慧兒也嚎啕大哭，屋子裡的人都一一掩面哭泣。長亭站起來，開始處理喪葬事宜，在靈柩前擺上齊全乾淨的祭品，石太璞心中大感欣慰。

他已經病了很久，一時之間還不能下床。長亭就請石太璞的表兄代爲接待前來弔唁的賓客。喪禮結束，石太璞才拄起拐杖，勉強能下床走動，和長亭一同商量父親的後事。石父安葬完畢後，長亭就要啓程回家，回去接受父親的責罰。石太璞拉著她的手，慧兒放聲啼哭，長亭心中不忍，這才勉強留下。不久，有人來告訴長亭說翁老夫人生病了，長亭就對石太璞說：「我是爲了幫你料理公公的後事而來，你難道就不能爲了我的母親讓我回娘家嗎？」石太璞允諾。長亭讓奶娘抱走慧兒，流著眼淚出門離去。長亭回娘家後，好幾年都沒有回夫家，石太璞父子也逐漸淡忘了她。

有一天清晨，石太璞打開門，長亭飄然而入。石太璞很震驚，問她怎麼一回事，長亭滿面

愁容坐在床上，嘆氣道：「我自幼在閨房中長大，連一里地都覺得很遠，現在一天一夜就奔波千里，快把我累死了！」

石太璞詳細詢問，長亭卻是欲言又止的樣子，直到再三追問了，她才哭著說：「今天我要對你說的事，恐怕對我而言是件傷心事，對你而言卻是件痛快的事。近年來，我家搬到山西境內，借住在姓趙的仕紳家中。賓主相處得很融洽，就把紅亭嫁給了趙公子。然而公子遊手好閒，家庭很不和諧。妹妹回家把情況告訴父親，父親就把她留在娘家，過了半年還不讓她回去。趙公子氣憤之下，不知從哪裡請來一個凶惡之人，找來神仙把我父親綁起來抓走了。一家都大爲震驚，不久便四處逃竄開來。」石太璞聽完，忍不住笑了出來。長亭憤怒道：「他雖然不仁，卻仍是我的父親。我和你琴瑟和鳴數年，夫妻間和睦而無怨恨。如今我家破人亡，一百口人各奔東西，你就算不爲了我的父親傷心，難道也不爲我感到悲傷嗎？你聽了以後，竟然手舞足蹈，沒有隻言片語安慰我，怎麼如此無情無義呢！」說完拂袖而去。石太璞追出去想要道歉，長亭卻已不見蹤影。石太璞悵然懊悔，以爲夫妻之情就此斷絕。

兩、三天後，翁家母女一同前來，石太璞又驚又喜上前慰問，翁家母女一同跪在地上，石太璞驚訝詢問，翁家母女一時都傷心落淚。長亭說：「日前我賭氣離去，現在又要回來求你，顏面何存？」石太璞說：「岳父固然有悖倫常，岳母的恩惠、你的情意，我都銘記在心。不過，聽到他遭逢災厄就幸災樂禍，這也是人之常情，你爲何不能暫且忍耐呢？」長亭說：「剛才我在半路上遇到母親，才知抓走家父的，正是令師。」石太璞說：「果眞如此，此事不難辦。但是，若是令尊沒被釋放，你們父女就會離散；恐怕他回來後，你的丈夫與兒子又該要傷心了！」翁老夫人聽完，發誓表明心跡，長亭也誓言以報。

石太璞立刻打點行裝前往汴城，一路打聽才找到玄帝觀，王赤城恰巧回來沒多久。石太璞入拜參見師父，王赤城便問：「你爲何來此？」石太璞看見廚房裡有隻老狐，前腿被穿了一個洞，用繩子穿過小洞綁著。他笑道：「弟子此番前來，就是爲了這隻老妖怪。」王赤城問他原由，石太璞說：「牠是我的岳父。」並且據實以告。王赤城說這隻狐狸奸詐狡猾，不肯輕易釋放。石太璞再三請求，他的師父這才答允。石太璞就把老狐的罪狀一一細數，老狐狸聽了，把身體鑽到灶爐裡，似乎感到羞愧。王赤城笑道：「看來他還有點羞恥之心。」石太璞起身，牽著老狐出門，用刀割斷繩索將繩子抽出。老狐非常疼痛，牙齒咯咯作響。石太璞故意不一鼓作氣全抽出來，而稍微停頓，還笑問道：「岳父既然這麼痛，那就不抽了，如何？」老狐雙眼頗有怒意。等到被釋放，老狐就搖著尾巴出觀離去。石太璞向師父告辭回家。

三天前，老狐被釋放的消息已經有人通報翁家人，翁老夫人就先離去，留下長亭等石太璞回來。石太璞一到家，長亭上前迎接並跪在地上。石太璞攙扶她起身說：「你如果還記得我們的夫妻之情，就無需如此大禮道謝。」長亭說：「我們家搬回故居了，離此處不遠，音訊往來方便，我想回娘家看看，三天就可回來，你相信我嗎？」石太璞說：「慧兒一生下來母親就不在身邊，也沒有夭折；我一個人獨居，也已經習慣了。我不像趙公子，而是對令尊以德相報，對你可說是仁至義盡了。如果不回來，是你忘恩負義，路途雖近，我也不再過問了，信與不信又有什麼差別呢？」長亭第二天離去，兩天就回來。石太璞問道：「怎麼這麼快就回來了？」長亭說：「家父因你在汴城時曾捉弄他，一直耿耿於懷，整天嘮叨個沒完，我不想聽他發牢騷，就早點回來了。」從此以後，長亭和她的母親姊妹經常相聚，但翁婿卻仍是不相往來。

記下奇聞異事的作者如是說：「狐妖性情反覆，十分奸詐狡猾。關於悔婚一事，他對兩個女兒態度相同，他的狡猾詭詐也就不言而喻了。然而石太璞以要脅的手段娶了長亭，這促使翁老一開始就萌生悔婚之意。況且，女婿既然因爲愛長亭而去救她的父親，應該也以仁德化消以前的仇怨，不該在他危難的時候去玩弄他，難怪翁老一直無法化消對女婿的怨恨！天底下的岳父女婿不能和睦相處，大抵就是如此。」

席方平

席方平，東安[1]人。其父名廉，性戇拙[2]。因與里中富室羊姓有郤[3]，羊先死；數年，廉病垂危，謂人曰：「羊某今賄囑冥使搒[4]我矣。」俄而身赤腫，號呼遂死，席慘怛[5]不食，曰：「我父樸訥，今見陵於強鬼；我將赴地下，代伸冤氣耳。」◆自此不復言，時坐時立，狀類癡，蓋魂已離舍矣。

席覺初出門，莫知所往，但見路有行人，便問城邑。少選[6]，入城。其父已收獄中。至獄門，遙見父臥簷下，似甚狼狽；舉目見子，潸然涕流。便謂：「獄吏悉受賕[7]囑，日夜搒掠，脛股摧殘甚矣！」席怒，大罵獄吏：「父如有罪，自有王章，豈汝等死魅所能操耶！」遂出，抽筆為詞。值城隍早衙[8]，喊冤以投。羊懼，內外賄通，始出質理。城隍以所告無據，頗不直[9]席。席忿氣無所復伸，冥行百餘里，至郡，以官役私狀，告之郡司。遲之半月，始得質理。郡司[10]扑[11]席，仍批城隍覆案。席至邑，備受械梏，慘冤不能自舒。城隍恐其再訟，遣役押送歸家。役至門辭去。席不肯入，遁赴冥府，訴郡邑之酷貪。冥王立拘質對。二官密遣腹心，與席關說，許以千金。席不聽。過數日，逆旅[12]主人告曰：「君負氣已甚，官府求和而執不從，今聞於王前各有函進，恐事殆矣。」

席以道路之口[13]，猶未深信。俄有皂衣人[14]喚入。升堂，見冥王有怒色，不容置詞，命笞二十。席厲聲問：「小人何罪？」冥王漠若不聞。席受笞，喊曰：「受笞允當，誰教我無錢耶！」冥王益怒，命置火床。兩鬼捽[15]席下，見東墀[16]有鐵床，熾火其下，床面通赤。鬼脫席衣，掬置其

上，反復揉捺[17]之。痛極，骨肉焦黑，苦不得死。約一時許，鬼曰：「可矣。」遂扶起，促使下床著衣，猶幸跛而能行。復至堂上，冥王問：「敢再訟乎？」席曰：「大冤未伸，寸心不死，若言不訟，是欺王也。必訟！」又問：「訟何詞？」席曰：「身所受者，皆言之耳。」冥王又怒，命以鋸解其體。二鬼拉去，見立木[18]，高八九尺許，有木板二，仰置其上，上下凝血模糊。

方將就縛，忽堂上大呼「席某」，二鬼即復押回。冥王又問：「尚敢訟否？」答云：「必訟！」冥王命捉去速解。既下，鬼乃以二板夾席，縛木上。鋸方下，覺頂腦漸闢，痛不可禁，顧亦忍而不號。聞鬼曰：「壯哉此漢！」鋸隆隆然尋至胸下。又聞一鬼云：「此人大孝無辜，鋸令稍偏，勿損其心。」遂覺鋸鋒曲折而下，其痛倍苦。俄頃，半身闢矣。板解，兩身俱仆。鬼上堂大聲以報。堂上傳呼，令合身來見。二鬼即推令復合，曳使行。席覺鋸縫一道，痛欲復裂，半步而踣[19]。一鬼於腰間出絲帶一條授之，曰：「贈此以報汝孝。」受而束之，一身頓健，殊無少苦。遂升堂而伏。冥王復問如前；席恐再罹酷毒，便答：「不訟矣。」冥王立命送還陽界。隸率出北門，指示歸途，反身遂去。

席念陰曹之暗昧尤甚於陽間，奈無路可達帝聽。世傳灌口二郎[20]為帝勳戚[21]，其神聰明正直，訴之當有靈異。竊喜兩隸已去，遂轉身南向。奔馳間，有二人追至，曰：「王疑汝不歸，今果然矣。」捽回復見冥王。竊意冥王益怒，禍必更慘；而王殊無厲容，謂席曰：「汝志誠孝。但汝父冤，我已為若雪之矣。今已往生富貴家，何用汝鳴呼[22]為。今送汝歸，予以千金之產、期頤之壽[23]，於願足乎？」乃註籍中，嵌以巨印，使親視之。席謝而下。鬼與俱出，至途，驅而罵曰：「奸猾賊！頻頻翻覆，使人奔波欲死！再犯，當捉入大磨中，細細研之！」席張目叱曰：「鬼子胡為者！我性耐刀鋸，不耐撻楚。請反見王，王如令我自歸，亦復何勞相送。」乃返奔。

二鬼懼，溫語勸回。席故蹇緩[24]，行數步，輒憩路側。鬼含怒不敢復言。約半日，至一村，一門半闢，鬼引與共坐；席便據門閾[25]。二鬼乘其不備，推入門中。驚定自視，身已生為嬰兒。憤啼不乳，三日遂殤。魂搖搖不忘灌口，約奔數十里，忽見羽葆[26]來，旛戟[27]橫路。越道避之，因犯鹵簿[28]，為前馬所執，縶[29]送車前。仰見車中一少年，丰儀瑰瑋。問席：「何人？」席冤憤正無所出，且意是必巨官，或當能作威福，因緬訴毒痛。車中人命釋其縛，使隨車行。俄至一處，官府十餘員，迎謁道左，車中人各有問訊。已而指席謂一官曰：「此下方人[30]，正欲往愬[31]，宜即為之剖決。」席詢之從者，始知車中即上帝殿下九王，所囑即二郎也。

席視二郎，修軀多髯，不類世間所傳。九王既去，席從二郎至一官廨[32]，則其父與羊姓並衙隸俱在。少頃，檻車中有囚人出，則冥王及郡司、城隍也。當堂對勘，席所言皆不妄。三官戰慄，狀若伏鼠。二郎援筆立判；頃之，傳下判語，令案中人共視之。

判云：「勘得冥王者：職膺王爵，身受帝恩。自應貞潔以率臣僚，不當貪墨以速官謗。而乃繁纓棨戟[33]，徒誇品秩之尊；羊狠狼貪，竟玷人臣之節。斧敲斲[34]，斲入木，婦子之皮骨皆空；鯨吞魚，魚食蝦，螻蟻之微生可憫。當掬西江之水，為爾湔腸[35]；即燒東壁之床[36]，請君入甕[37]。城隍、郡司，為小民父母之官，司上帝牛羊之牧[38]。雖則職居下列，而盡瘁者不辭折腰；即或勢逼大僚[39]，而有志者亦應強項。乃上下其鷹鷙之手[40]，既罔念夫民貧；且飛揚其狙獪[41]之奸，更不嫌乎鬼

瘦。惟受贓而枉法，真人面而獸心！是宜剔髓伐毛[42]，暫罰冥死；所當脫皮換革，仍令胎生。隸役者：既在鬼曹，便非人類。祇宜公門修行[43]，庶還落蓐之身[44]；何得苦海生波，益造彌天之孽？飛揚跋扈，狗臉生六月之霜[45]；隳突[46]叫號，虎威斷九衢[47]之路。肆淫威於冥界，咸知獄吏為尊；助酷虐於昏官，共以屠伯[48]是懼。當於法場之內，剁其四肢；更向湯鑊[49]之中，撈其筋骨。羊某：富而不仁，狡而多詐。金光蓋地，因使閻摩殿上，盡是陰霾；銅臭[50]熏天，遂教枉死城[51]中，全無日月。餘腥猶能役鬼，大力[52]直可通神。宜籍羊氏之家，以賞席生之孝。即押赴東嶽[53]施行。」

又謂席廉：「念汝子孝義，汝性良懦，可再賜陽壽三紀[54]。」因使兩人送之歸里。席乃抄其判詞，途中父子共讀之。既至家，席先蘇；令家人啟棺視父，僵尸猶冰，俟之終日，漸溫而活。及索抄詞，則已無矣。自此，家日益豐；三年間，良沃遍野；而羊氏子孫微矣，樓閣田產，盡為席有。里人或有買其田者，夜夢神人叱之曰：「此席家物，汝烏得有之！」初未深信；既而種作，則終年升斗無所獲，於是復鬻歸席。席父九十餘歲而卒。

異史氏曰：「人人言淨土[55]，而不知生死隔世，意念都迷，且不知其所以來，又烏知其所以去；而況死而又死，生而復生者乎？忠孝志定，萬劫不移，異哉席生，何其偉也！」

◆**但明倫評點：**奇文奇事，至性至情。為強鬼所陵，不赴地下，何以代伸冤氣？豈知既赴地下，而冤更加冤哉！必待上帝殿下與灌口二郎，而後得平反，茫茫宇宙，果何路可達帝聽哉！

文章奇異，所記載的故事更加是曠世奇聞，主人翁至性至情。席方平之父被惡鬼欺凌，他不去陰司，如何代父伸冤？哪裡知道去到九泉之下，反而冤上加冤。一定要等見了九殿下與二郎神，才能平反冤屈，浩瀚宇宙，哪條路可以上達天聽啊！

1東安：古代縣名。今湖南省東安縣。

2戇拙：形容性情耿直憨厚。戇，讀作「撞」，形容性情魯莽，說話不懂得拐彎抹角。

3郤：讀作「夕」，嫌隙、衝突。

4搒：讀作「蹦」，拷打。

5慘怛：愁苦憂傷之貌。怛，讀作「達」，憂傷、悲痛。

6少選：不多時，沒過多久。

7賕：讀作「球」，賄賂。

8城隍早衙：城隍早晨的辦公時間。城隍，原指城池的守護神，此處指掌管亡魂賞罰的陰間地方官員。早衙，古代縣令一天分早晚兩次在衙門辦公，早衙指的即為早上的辦公時間。

9不直：沒有充足的證據予以證明，即沒有道理。

10郡司：府的長官，此指管轄府這個層級的城隍。

11扑：杖打、責打。

12逆旅：旅館。

13道路之口：道聽塗說。

14皂衣人：即「皂隸」；皂，黑色，因古代的衙役多穿黑色衣服。此指冥府的官差。

15捽：讀作「足」，抓起來。

16墀：讀作「持」，臺階上的平地。

17揉捺：搓揉重按，此指行刑者對受刑者所施加的刑罰。

18立木：木樁。

19踣：讀作「博」，跌倒。

20灌口二郎：灌口，地名，今四川都江堰。二郎，指二郎神，宋代朱熹《朱子語錄》中記載為秦蜀郡守李冰的次子。《西遊記》與《封神演義》皆稱二郎神為楊戩（讀作「簡」）。

21勳戚：有功勳的皇親國戚。

22鳴呼：此指大聲鳴冤。

23期頤之壽：百年的壽命，意指長壽。

24蹇緩：緩步慢行。蹇，讀作「簡」。

25門閾：門檻。閾，讀作「欲」。

26羽葆：以鳥羽裝飾的傘狀物品，為儀仗所用。此借指儀仗。

27旛戟：讀作「番擠」，手持長旛、棨戟等儀仗所用之物的隨從。

28鹵簿：原指古代皇帝出行時的護衛隊，後來一般官員出行的儀仗亦稱鹵簿。

29縶：讀作「執」，捆綁、綁縛。

30下方人：即人間的人、凡人。

31愬：讀作「訴」，控訴。

32廨：讀作「謝」，古時官吏辦公處。

33繁纓棨戟：官員出巡時的儀仗、排場。繁纓，馬的裝飾物，特指古代天子、諸侯專用。纓，馬脖子上的裝飾物。棨戟，塗上漆的木戟，為儀仗所用。棨，讀作「起」。

34斲：讀作「啄」，砍削，此處指剁削。

35湔腸：清洗滿腹壞水的汙腸。湔，讀作「肩」。

36東壁之床：承上文閻王殿東墀下的火燒鐵床。

37請君入甕：比喻以其人之道還治其人之身，讓閻王也承受臥火床的刑罰。

38牛羊之牧：借指地方首長，管理人民庶務。

39大僚：大官。

40上下其鷹鷙之手：意謂以狠毒的手段，玩弄法律，顛倒是非。鷹鷙，指鷹和鷙，皆為凶猛的禽鳥，比喻凶狠毒辣。鷙，讀作「至」。
41狙獪：讀作「居快」，形容陰狠狡詐。
42剔髓伐毛：猶言脫胎換骨，洗心革面，改過向善。此指殘酷的刑罰。
43公門修行：在官衙行善積德，才能轉世投胎做人。
44落蓐之身：指凡人之身。因人出生在草蓆或床墊上，故以「落蓐」比喻。蓐，讀作「入」，草蓆。
45狗臉生六月之霜：意謂尖嘴猴腮的小人，使無辜的人蒙受冤屈。相傳戰國時代，鄒衍被人陷害入獄，當時是夏天，他在獄中仰天而哭，招來天降飛霜。事見《初學記》。
46豫突：衝撞破壞。豫，讀作「恢」。
47九衢：通達四方的大路。衢，讀作「渠」。
48屠伯：原指屠夫，宰殺牲畜的人。此處指濫殺無辜的殘酷官吏。
49湯鑊：湯鍋，古代烹煮犯人的刑具。此處借指殘酷的刑罰。鑊，讀作「貨」。
50銅臭：銅錢的臭味，用以譏諷那些用錢捐官的人。此指賄賂官員的行徑。
51枉死城：指地獄。
52大力：指巨額錢財的魅力。
53東嶽：泰山。此指東嶽大帝，古代傳說東嶽大帝掌管天地人間的生死禍福。
54紀：十二年為一紀。
55淨土：佛教用語，即清淨莊嚴的極樂世界。

白話翻譯

席方平是東安縣人，他的父親名叫席廉，生性憨厚耿直，曾和同鄉姓羊的富翁結下梁子。後來姓羊的富翁先死了，過了幾年，席廉染上重病，臨死前對人說：「姓羊的買通陰司的官差，要捉我前去受刑。」不久全身紅腫，慘叫幾聲就斷氣。席方平悲傷哀戚食不下嚥，說：「家父老實木訥，現在被惡鬼所欺，我要到陰司替父親伸冤！」從此不再說話，有時坐著，有時站著，像癡呆的樣子，原來他的魂魄已經離開身體了。

席方平剛覺得走出家門，不知該去哪裡，見到路上有人經過，就問去縣城的路。不久進入城中，他的父親已經被關進監獄。他趕到監獄門口，遠遠望見父親躺在屋簷底下，模樣狼狽不堪。席廉抬頭看見兒子來了，潸然淚下，說：「監獄裡的獄卒全都被姓羊的收買了，日夜輪番拷打，我的腿都被打殘了。」席方平大怒，大罵獄卒說：「家父若是有罪，自有王法制裁，豈是你們這群死鬼能夠任意操弄的！」說完走出監獄，拿筆寫狀子。正好是城隍一早坐堂審理案件的時間，他喊冤遞上狀子。姓羊的恐懼，用錢收買了裡裡外外的官差，才出庭對質。城隍覺得席方平控告缺乏證據，判他敗訴。席方平一腔怒氣無處伸張，連夜趕了一百多里路來到府城，將城隍差役私相授受一事，全向郡司申訴了。然而郡司拖延半個月，才開庭審問，開頭更先把席方平打一頓，還是沿用城隍的判決。席方平來到縣城，受盡嚴刑拷打，滿腹冤屈無法發洩，城隍怕他再次上告，派陰差押送他回家。

差役把他送到家門口就離去。席方平不肯進門，偷偷跑到閻王府，控告郡司和城隍貪贓枉法。閻王把郡司、城隍傳召上堂對質。兩名官員暗中派心腹去向席方平求情，答應送給他一千兩銀子。席方平不接受。過了幾天，旅館主人告訴他：「先生，你太意氣用事了，官府的官員要求和解你卻執意不從，現在聽說他們賄賂閻王爺，恐怕你將有殺身之禍。」

席方平認為這是道聽塗說，沒有採信老闆的話。不久，有官差傳他去衙門。升堂後，見到

閻王面有怒色，不容他辯解，立刻命人打他二十大仗。席方平厲聲問：「我犯了什麼罪？」閻王置若罔聞，席方平被杖責，又大喊：「我活該被打，誰叫我沒有錢啊！」閻王更加惱火，命人把他放到火床上。兩個鬼差把他拖下去，東邊臺階有一張鐵床，下面燒著火焰，烤得床板通紅。鬼差脫光席方平的衣服，將他提起來放上火床，將他又是翻滾，又是重按，用火把他烤得皮焦肉爛、疼痛無比，卻無法死去。約一個時辰左右，鬼差說：「可以了。」把他扶起來，催促他下床穿衣，幸好勉強還能行走。席方平回到公堂上，閻王問：「還敢再告嗎？」席方平說：「大冤還沒昭雪，我是不會死心的，若說不再上告，那便是欺騙你。一定要告！」閻王又問：「你告什麼呢？」席方平說：「我親身經歷過的事情，都要如實說出。」閻王更加憤怒，命人施以鋸刑。席方平被兩個鬼卒拉去，前方豎立著一根木樁，高約八九尺，還有兩塊木板平放在它的上面，上下血跡模糊。

鬼差剛要把席方平綁上木樁，就聽堂上呼喊：「席方平！」兩個鬼卒立即把他押回堂上。閻王問：「還敢再告嗎？」席方平答：「一定要告！」閻王於是喝令快點把他鋸成兩半。席方平被拉下公堂，鬼卒用兩塊木板把他夾住，綁在木頭樁上。鋸子剛鋸到身體上，他便感到頭殼逐漸裂開，痛得難以忍受，但仍咬緊牙關，一聲不吭。他聽見鬼卒稱讚說：「此人眞是硬氣！」大鋸子隆隆鋸到胸口，又聽一個鬼卒說：「此人是個孝子，沒犯什麼過錯，我們把鋸子拉偏一點，別傷了他的心。」席方平頓覺鋸鋒曲曲折折地往下鋸，更加痛苦。頃刻間，身子已裂成兩半。鬼卒剛解開木板，兩半身體都撲倒在地。鬼卒上堂大聲稟報，堂上傳話下來，要把兩半身體合成一個再去受審。兩個鬼卒便推著將兩半身體合併成一個，拖起來就走。席方平覺得身上那條裂縫痛得好像又要裂開，才走半步就跌倒在地，一個鬼卒見了，從腰間取出一條絲帶遞給他，說：「你是個孝子，念在你的孝心，這條帶子送給你。」席方平接過紮到身上，立刻覺得健步如飛，絲毫未感疼痛。他走上公堂趴到地上，閻王又問了先前的問題。席方平害怕再受折磨，就說：「不告了。」閻王立刻下令把他送回陽間。鬼差帶他走出北門，指點回家的路，轉身就走了。

席方平心想，陰間官場的黑暗遠甚於陽世，可惜他投訴無門，無法上達天聽，聽說灌口二郎神是玉帝的親戚，這個神祇聰慧耿直，如果能夠向祂投訴，定能替他伸冤，竊喜押解他的鬼差已經離去，轉身往南跑。正當狂奔時，那兩個鬼差竟然追上來，說：「閻王懷疑你不肯死心，不肯乖乖還陽，果眞如此。」說著揪他往回走，把他押回閻王面前。席方平心想閻王要更加惱怒了，難免又要被酷刑折磨一番；不曾想閻王居然沒有半點怒容，反而誇獎他：「你眞是個孝子！令尊的冤屈，我已經替你昭雪。他現在投胎在富貴人家，你無須替他喊冤叫屈了。現在送你還陽，賞你千金家產，百歲的壽命，總該滿意了吧？」說著把這些寫在生死簿上，蓋上大印，還讓席方平親自過目。席方平道謝後退出公堂，鬼差和他一起出來，到了半路，鬼差一邊催促他快走，一邊罵道：「你這刁鑽狡猾的傢伙，折騰來折騰去，害我們來回奔波，眞是累死了！再敢逃跑，就把你捉進大磨盤裡，碾成細細的粉末！」席方平瞪著他們喝斥：「鬼東西你們想做什麼？我不怕刀斧加身，就是無法忍受被人辱罵！請回去稟明閻王，要是他肯讓我自行還陽，就不勞你們大駕了。」說著作勢要往回走。

兩個鬼差有些害怕，低聲下氣懇求他回來。席方平故意一跛一跛緩慢行走，沒走幾步就停下來休息。鬼差們雖不耐煩，卻不敢再發牢騷。大約走了半天，來到一個村子，看到一戶人家門扉半掩，鬼差要席方平一同坐下休息。席方平在門檻上坐下，兩個鬼差趁他鬆懈下來，順勢把他推進門。席方平剛才定了定心神，低頭看看自己，才知已投胎成一個嬰兒。他氣得嚎啕大哭，不肯喝奶，三天就死了。魂魄四處飄蕩，心心念念要去灌口。大約跑了幾十里路，忽然看見一隊儀仗，一輛華貴的車向前駛來，儀仗陣容之盛大，把路都堵住了。

席方平急忙迴避，不小心衝撞了隊伍，被前導的騎馬隨從捉住，綁起來送到車前。他抬頭一看，車裡坐著一位年輕人，丰神俊朗，儀表堂堂。那人問席方平：「你是何人？」席方平一腔怨憤無處發洩，又猜想此人必是大官，或許他握有掌控生死的大權，於是就把自己受到的酷刑一一道出。年輕人命人替他鬆綁，讓他跟在車隊後面。不久，來到一處，十幾名官員在路旁跪拜迎接。坐在車上的人逐一向他們問好，然後對一位官員指著席方平說：「這是人間的凡人，想尋你替他主持公道，應該替他作出判決。」席方平私下向隨從打聽，才知道車上坐的年輕人是玉帝的兒子九王爺，他囑託的官員就是二郎神。

席方平打量一下二郎神，只見他身材修長，滿臉鬍鬚，與世間傳說有所差異。九王爺離去後，席方平跟隨二郎神來到官署。席父和羊姓富翁以及鬼差一干人等都在此處。片刻後，來了一輛囚車，數名犯人從車中走出，原來就是閻王、郡司和城隍三人。眾人在公堂上對質，席方平所言句句屬實，三名官員嚇得渾身發抖，像老鼠一樣趴在地上。二郎神拿筆判決，頃刻間，判詞傳出，涉案之人皆一同觀看。

判詞寫道：「據查閻王此人，位居王爵，身受玉帝恩澤。自該潔身自好以作群臣表率，不當貪贓枉法而招致群眾誹謗。此時竟大耍官威，誇耀顯赫的身分地位；剝削百姓，掏空他們的錢財。巨鯨吞食大魚，大魚吞食小蝦，微弱的生命實在值得同情。應當取一瓢西江的清水，爲此等貪官汙吏清清汙穢的腸子，也嚐嚐東墀火床的滋味，以其人之道還治其人之身。城隍、郡司，身爲地方父母官，奉上帝之命管理百姓。雖然職位居百官之末，鞠躬盡瘁者應當不辭勞苦；即使被當權者所逼迫，有氣節的人也當不改其志。而你們卻像鷹鷙一般凶殘，全然不顧念民生困苦；又使狡猾的詭計，也不管百姓的死活。一味貪贓枉法，眞是人面禽獸心！應當要抽髓刮毛，暫且判處陰間的死刑；剝皮換革，讓他們投胎爲畜牲。至於陰差鬼吏：既在陰曹地府，就是非人。應當在衙門裡修行積德，或許能投胎做人；怎能在苦海中助紂爲虐，犯下滔天大罪？囂張跋扈，尖嘴猴腮的嘴臉，釀成多少冤獄；肆意擾民，狐假虎威，阻斷昭雪的管道。在冥界肆意逞威，誰不知道獄卒的厲害；助長昏官的殘暴，大家都懼怕酷吏的陰狠惡毒。應當

在法場上，斬斷他們的四肢；放入煮沸的湯鍋中，撈取他們的筋骨。羊某人：爲富不仁，奸詐狡猾。黃金的光芒鋪天蓋地，使得閻羅殿上，陰霧彌漫；銅錢的臭味薰天，更讓枉死城中，日月無光。銅臭的腥味還能驅使鬼差，金錢的威力可直逼神祇。應當抄滅羊某人的家，用來嘉獎席方平的孝心。立即押往泰山東嶽大帝執法。」

二郎神又對席廉說：「念在你兒子孝義雙全，你性情敦厚純良，可再賜你三十六年陽壽。」判兩名鬼差送父子倆還陽。席方平把判詞抄下，父子在路上一同閱讀。

回家還陽後，席方平先甦醒，命家人撬開棺材看父親，屍體僵直冰涼，等了一整天才逐漸回溫，徹底活過來。這時想要尋抄錄的判詞，卻已不知去向。從此，席家家境逐漸富裕，三年間良田遍野，而姓羊的子孫卻逐漸衰敗，樓閣田產盡歸席方平所有。鄉里的人不知情買了羊家的田產，夜裡夢見神明斥責：「這是席家的產業，你怎能占爲己有？」起初還不太相信；等到插秧播種後，整年沒收穫一顆米，只好轉賣回席家。席方平的父親更是活到了九十多歲才死。

記下奇聞異事的作者如是說：「人人都談論極樂世界，卻不知生與死隔著一輩子。記憶全都亡失了，既然不知他是從何處來，又豈知要往何處去？更何況死了又死，活了又活呢？只有忠孝之心堅定，屢遭磨難而不改其志，席方平的行爲值得誇讚，他是多麼偉大呀！」

席方平
一心戀父
竟離魂紅
日何由照覆
盆不遇二郎
神訊決九幽
呼籲怨無門

素秋

俞慎，字謹庵，順天舊家[1]子。赴試入都，舍於郊郭。時見對戶一少年，美如冠玉。心好之，漸近與語，風雅尤絕。大悅，捉臂邀至寓，便相款宴。審其姓氏，自言：「金陵人，姓俞，名士忱，字恂九。」公子聞與同姓，又益親洽，因訂為昆仲[2]；少年遂以名減字為忱。

明日，過其家，書舍光潔；然門庭踧落[3]，更無廝僕。引公子入內，呼妹出拜，年十三四以來，肌膚瑩澈，粉玉無其白也。少頃，托茗獻客，似家中亦無婢媼。公子異之，數語遂出。由是友愛如胞。

恂九無日不來寓所；或留共宿，則以弱妹無伴為辭。公子曰：「吾弟流寓千里，曾無應門之僮，兄妹孅弱，何以為生矣？計不如從我去，有斗舍可共棲止，如何？」恂九喜，約以闈後。試畢，恂九邀公子去，曰：「中秋月明如畫，妹子素秋，具有蔬酒，勿違其意。」竟挽入內。素秋出，略道溫涼，便入複室，下簾治具。少間，自出行炙[4]。公子起曰：「妹子奔波，情何以忍！」素秋笑入。頃之，搴簾出，則一青衣婢捧壺；又一媼托柈[5]進烹魚。公子訝曰：「此輩何來？不早從事，而煩妹子？」恂九微哂曰：「素秋又弄怪矣。」但聞簾內吃吃作笑聲，公子不解其故。既而筵終，婢媼徹器，公子適嗽，誤墮婢衣；婢隨唾而倒，碎碗流炙。視婢，則帛剪小人，僅四寸許。恂九大笑。素秋笑出，拾之而去。俄而婢復出，奔走如故，公子大異之。恂九曰：「此不過妹子幼時，卜紫姑[6]之小技耳。」公子因問：「弟妹都已長成，何未婚姻？」答云：「先人即世，去留尚無定所，故此遲遲。」遂與商定行期，鬻宅，攜妹與公子俱西。既歸，除舍舍之；又遣一婢為之服役。

公子妻，韓侍郎[7]之猶女[8]也，尤憐愛素秋，飲食共之。公子與恂九亦然。而恂九又最慧，目下十行，試作一藝[9]，老宿[10]不能及之。公子勸赴童子試。恂九曰：「姑為此業者，聊與君分苦耳。自審福薄，不堪仕進；且一入此途，遂不能不戚戚於得失，故不為也。」居三年，公子又下第[11]。恂九大為扼腕，奮然曰：「榜上一名，何遂艱難若此！我初不欲為成敗所惑，故寧寂寂耳；今見大哥不能自發舒，不覺中熱[12]，十九歲老童，當效駒馳也。」公子喜，試期[13]，送入場，邑、郡、道皆第一[14]。益與公子下帷攻苦。逾年科試，並為郡、邑冠軍。恂九名大譟，遠近爭婚之，恂九悉卻去。公子力勸之，乃以場後[15]為解。無何，試畢，傾慕者爭錄其文，相與傳誦；恂九亦自覺第二人不屑居也。榜既放，兄弟皆黜。時方對酌，公子尚強作噱[16]；恂九失色，酒琖[17]傾墮，身仆案下。扶置榻上，病已困殆。急呼妹至，張目謂公子曰：「吾兩人情雖如胞，實非同族。弟自分已登鬼籙[18]。啣恩無可相報，素秋已長成，既蒙嫂氏撫愛，媵之[19]可也。」公子作色曰：「是真吾弟之亂命[20]矣！其將謂我人頭畜鳴[21]者耶！」恂九泣下。公子即以重金為購良材[22]。恂九命舁[23]至，力疾[24]而入，囑妹曰：「我沒後，急闔棺，無令一人開視。」公子尚欲有言，而目已瞑矣。

公子哀傷，如喪手足。然竊疑其囑異，俟素秋他出，啟而視之，則冠巾袍服如蛻；揭之，有蠹魚[25]徑尺，僵臥其中。駭異間，素秋促入，慘然曰：「兄弟何所隔閡？所以然者，非避兄也；但恐傳布飛揚，妾亦不能久居耳。」公子曰：「禮緣情制[26]：情之所在，異族何殊焉？妹寧不知我心乎？即中饋[27]當無漏言，請勿慮。」遂速卜吉期，厚葬之。初，公子欲以素秋論婚於世家，恂九不欲。既沒，公子商素秋，素秋不應。公子曰：「妹年已二十矣，長而不嫁，人其謂我何？」對曰：「若然，但惟兄命。然自顧無福相，不願入侯門，寒士而可。」公子曰：「諾。」不數日，冰媒相屬，卒無所可[28]。先是，公子之妻弟韓荃來弔，得窺素秋，心愛悅之，欲購作小妻[29]。謀之姊，姊急戒勿言，恐公子知。韓去，終不能釋，託媒風示公子，許為買鄉場關節[30]。公子聞之，大怒，詬罵，將致意者[31]批逐[32]出門，自此交往遂絕。適有故尚書之孫某甲，將娶而婦忽卒，亦遣冰來。其甲第[33]雲連[34]，公子之所素識；然欲一見其人，因與媒約，使甲躬謁[35]。及期，垂簾於內，令素秋自相之。甲至，裘馬騶從[36]，炫耀閭里。又視其人，秀雅如處女。公子大悅，見者咸贊美之，而素秋殊不樂。公子不聽，竟許之。盛備奩裝[37]。計費不貲。素秋固止之，但討一老大婢，供給使而已。公子亦不之聽，卒厚贈焉。既嫁，琴瑟甚敦。然兄嫂繫念之，每月輒一歸寧。來時，奩中珠繡，必攜數事，付嫂收貯。嫂未知其意，亦姑從之。

甲少孤，止有寡母，溺愛過於尋常，日近匪人，漸誘淫賭，家傳書畫鼎彝[38]，皆以鬻還戲債[39]。而韓荃與有瓜葛，因招飲而竊探之，願以兩妾及五百金易素秋。甲初不肯；韓固求之，甲意似搖，恐公子不甘。韓曰：「我與彼至戚，此又非其支系，若事已成，則彼亦無如何；萬一有他，我身任之。有家君在，何畏一俞謹庵哉！」遂盛妝兩姬出行酒，且曰：「果如所約，此即君家人矣。」甲惑之，約期而去。至日，慮韓詐諼[40]，夜候於途，果有輿來，啟簾照驗不虛，乃導去，姑置齋中。韓僕以五百金交兌俱明。甲奔入，偽告素秋，言公子暴病相呼。素秋未遑理妝，草草遂出。輿既發，夜迷不知何所，逴行[41]良遠，殊不可到。忽有二巨燭來，眾竊喜其可以問途。無何，至前，則巨蟒兩目如燈。眾大駭，人馬俱竄，委輿路側；將曙復集，則空輿存焉。意必葬於蛇腹，歸告主人，垂首喪氣而已。

數日後，公子遣人詣妹，始知為惡人賺去，初不疑其婿之偽也。取婢歸，細詰情跡[42]，微窺其變，忿甚，遍愬[43]郡邑。某甲懼，求救於韓。韓以金妾兩亡，正復懊喪，斥絕不為力。甲呆憨無所復計，各處勾牒[44]至，但以賂囑免行。月餘，金珠服飾，典貨一空。公子於憲府[45]究理甚急，邑官皆奉嚴令，甲知不能復匿，始出，至公堂實情盡吐。蒙憲票拘韓對質。韓懼，以情告父。父時休致[46]，怒其所為不法，執付隸。及見諸官府，言及遇蟒之變，悉謂其詞枝[47]；家人搒掠[48]殆遍，甲亦屢被敲楚[49]。幸母日鬻田產，上下營救，刑輕得不死，而韓僕已瘐斃[50]矣。韓久困囹圄，願助甲賂公子千金，哀求罷訟。公子不許。甲母又請益以二姬，但求姑存疑案，以待尋訪；妻又承叔母命，朝夕解免，公子乃許之。甲家綦貧，貨宅辦金，而急切不能得售，因先送姬來，乞其延緩。

逾數日，公子夜坐齋頭，素秋偕一媼，驀然忽入。公子駭問：「妹固無恙耶？」笑曰：「蟒變乃妹之小術耳。當夜竄入一秀才家，依於其母。彼自言識兄，今在門外，請入之也。」公子倒屣[51]而出，燭之，非他，乃周生，宛平[52]之名士也，素以聲氣相善。把臂入齋，款洽臻至。傾談既久，始知顛末[53]。初，素秋昧爽[54]款生門，母納入，詰之，知為公子妹，便欲馳報。素秋止之，因與母居。慧能解意，母悅之，以子無婦，竊屬意素秋，微言之。素秋以未奉兄命為辭。生亦以公子交契[55]，故不肯作無媒之合，但頻頻偵聽。知訟事已有關說，素秋乃告母欲歸。母遣生率一媼送之，即囑媼媒焉。公子以素秋居生家久，竊有心而未言也；及聞媼言，大喜，即與生面訂為好。先是，素秋夜歸，將使公子得金而後宣之；公子不可，曰：「向憤無所洩，故索金以敗之耳。今復見妹，萬金何能易哉！」即遣人告諸兩家，頓罷之。又念生家故不甚豐，道賒遠[56]，親迎殊艱，因移生母來，居以恂九舊第；生亦備幣帛鼓樂，婚嫁成禮。

一日，嫂戲素秋：「今得新婿，曩年枕席之愛，猶憶之否？」素秋微笑，因顧婢曰：「憶之否？」嫂不解，研問之，蓋三年床笫，皆以婢代。每夕，以筆畫其兩眉，驅之去，即對燭而坐，婿亦不之辨也。益奇之，求其術，但笑不言。次年大比[57]，生將與公子偕往。素秋以為不必，公子強挽之而去。是科，公子薦於鄉，生落第歸。隱有退志。逾歲，母卒，遂不復言進取矣。一日，素秋告嫂曰：「向問我術，固未肯以此駭物聽也。今遠別行有日矣，請祕授之，亦可以避兵燹[58]。」驚而問之。答云：「三年後，此處當無人煙。妾荏弱不堪驚恐，將蹈海濱而隱。大哥富貴中人，不可以偕，故言別也。」乃以術悉授嫂。數日，又告公子。留之不得，至於泣下。問：「往何所？」即亦不言。雞鳴早起，攜一白鬚奴，控雙衛[59]而去。公子陰使人委送之，至膠萊之界[60]，塵霧幛天，既晴，已迷所往。

三年後，闖寇犯順[61]，村舍為墟。韓夫人剪帛置門內，寇至，見雲繞韋馱[62]高丈餘，遂駭走，以是得無恙焉。後村中有賈客至海上，遇一叟甚似老奴，而髭髮盡黑，猝不能認。叟停足而笑曰：「我家公子尚健耶？借口寄語：秋姑亦

◆**何守奇評點**：蠹魚至死，何艱於一第？彼尚書之孫，侍郎之子，烏能結文字緣哉！

蛀書蟲直到死，才知道科舉及第何等困難。韓荃與某甲，品行有虧，怎能擁有蛀書蟲俞忱和世家子弟俞謹庵之間因文章交往而成的因緣呢！

甚安樂。」問其居何里，曰：「遠矣，遠矣！」匆匆遂去。公子聞之，使人於所在遍訪之，竟無蹤跡。

異史氏曰：「管城子無食肉相[63]，其來舊矣。初念甚明，而乃持之不堅。寧如糊眼[64]主司[65]，固衡命不衡文耶？一擊不中[66]，冥然遂死，蠹魚之癡，一何可憐！傷哉雄飛，不如雌伏[67]。」

1 舊家：猶言世家。
2 昆仲：兄弟。
3 踧落：猶言冷落。踧，讀作「促」。
4 行炙：傳遞菜餚。
5 柈，讀作「盤」，盤子。
6 紫姑：民間傳說中的廁神。本為妾侍，為正室所嫉妒，常罰以清掃廁所等勞役，正月十五日死。民間百姓在這一天用飯箕或乾草做成人偶，供為廁神，用以占卜吉凶。
7 侍郎：清末的各部侍郎，即為各部副大臣。
8 猶女：姪女。
9 藝：制藝，八股文的別名。
10 老宿：高僧或年老的學者。此指宿儒。
11 下第：落榜。
12 中熱：沉迷、急切地希望得到。多指熱心於求取功名，晉身仕途。
13 試期：此指科舉時代童生進學考試的日期。
14 邑、郡、道皆第一：在童生的進學中，縣試、府試、院試都獲得第一。
15 場後：此指參加鄉試以後。
16 噱：讀作「決」，大聲地笑。
17 琖：讀作「展」，玉製的酒杯。
18 鬼籙：死者名冊。
19 媵之：收她為姬妾。媵，讀作「硬」，指姬妾婢女，此處作動詞。
20 亂命：病重時神智不清說的遺言，此指不合理的指令。
21 人頭畜鳴：人的外表，行為卻像畜牲。
22 良材：上好的棺木。
23 舁：讀作「魚」，抬、扛舉。
24 力疾：費很大的力氣，勉強支撐起病體。
25 蠹魚：會蛀蝕衣物、書籍的小蟲。銀粉細鱗，形似魚，又名白魚。蠹，讀作「肚」。
26 禮緣情制：禮法因人情而制定。
27 中饋：借指妻子。
28 卒無所可：始終沒有滿意的。
29 小妻：妾。
30 買鄉場關節：意謂賄賂鄉試的考官，打通關節。鄉場，鄉試。
31 致意者：轉達意願的人，指媒人。
32 批逐：打耳光驅逐。批，打臉頰，即掌嘴。

33甲第：古代達官顯貴之人所居住的宅第。
34雲連：與雲相接，形容樓房高大眾多。
35躬謁：親自拜訪。
36騶從：讀作「謅粽」，古代達官顯貴外出時，前後隨行騎馬的隨從。
37匳裝：女子的嫁妝。匳，讀作「連」，同今「奩」字，是奩的異體字。指女子的陪嫁品。
38鼎彝：泛指珍貴的古玩。鼎，古代用來烹煮食物的金屬器具。彝，讀作「宜」，古代的酒器或宗廟祭祀用的器皿。
39戲債：賭債。
40諼：讀作「宣」，欺詐。
41逴行：遠行。逴，讀作「綽」。
42情跡：事情發生的經過。
43愬：同「訴」，訴訟。
44勾牒：抓捕罪犯的公文，又稱拘票。牒，讀作「蝶」，官府發布的公文或證明文書。
45憲府：御史臺。此專指朝廷委派駐各行省的高級官吏衙門，如清代稱巡撫、布政使和按察使為「三大憲」。
46休致：原指官員因年老退休。此指辭去官職。
47詞枝：無關要旨，偏離主題的言辭。語出《易經．繫辭下》：「中心疑者，其詞枝。」
48搒掠：嚴刑拷打。搒，讀作「蹦」。
49敲楚：同為嚴加責打之意。楚，拷打。
50瘐斃：囚犯因飢餓寒冷而死於獄中，後泛指因病而死於獄中。瘐，讀作「宇」。
51倒屣：客人前來拜訪，急著出去迎接，把鞋子都穿反了，比喻熱情款待賓客。
52宛平：古代縣名，今北京市南部。
53顛末：事情的始末。
54昧爽：天剛亮。
55交契：交情甚篤。
56道賒遠：路途遙遠。賒，讀作「奢」，遙遠。
57大比：明清時代科舉制度中，每三年舉行一次的鄉試。
58兵燹：戰亂，兵禍。燹，讀作「顯」。
59雙衛：兩匹驢子。
60膠萊之界：膠州、萊州一帶，今山東省東北部沿海地區。
61闖寇犯順：指明朝末年李自成起義，率眾反對明朝統治。李自成稱闖王。闖寇，是作者對闖王的貶義詞。犯順，指造反叛亂。
62韋馱：佛教的護法神，南方增長天王的八大神將之一。
63管城子無食肉相：儒生沒有做官的福相。北宋詩人黃庭堅〈戲呈孔毅父〉詩云：「管城子無食肉相，孔方兄有絕文書。」唐代文學家韓愈《毛穎傳》曾以毛筆擬人，稱為管城子，此處代指讀書人。
64糊眼：老眼昏花的意思，比喻分不出好壞。
65主司：此指科舉的主考官。
66一擊不中：漢代張良曾僱用不具名的力士刺殺秦始皇於博浪沙，沒有擊中而失敗。事見司馬遷《史記．留侯世家》。此處借以比喻俞士忱鄉試落榜。
67雌伏：比喻不參加科舉，不與人爭奪晉身仕途的資格。

白話翻譯

俞慎，字謹庵，是順天的世家子弟。他進京趕考在城郊投宿，住在對面屋子裡的是一個少年，性子很文靜，他心裡很喜歡，兩人逐漸熟絡閒聊。少年的談吐很風雅，俞謹庵更加喜歡他了，便邀請他回住處吃飯。問他的姓名，那少年自稱姓俞，名士忱，字恂九。俞謹庵聽到他也姓俞，顯得更加熱情了，與他義結金蘭。那少年也減去原名的「士」字，單取一個忱字，以表關係密切之意。

第二天，俞謹庵前往拜訪恂九。恂九住的地方很乾淨整齊，只是有點冷清，沒有應門的小廝。他領著俞謹庵進屋，喚小妹出來拜見，小妹年約十三、四歲，嬌小玲瓏，膚色雪白。不久，恂九親自奉茶招待客人，家裡也似沒有僕婢的樣子，俞謹庵心中感到奇怪，寒暄幾句就告辭離去。此後，兩人的交情日益深厚，親如兄弟。

恂九每天都來拜訪俞謹庵，有時候留他過夜，他就以小妹單獨在家爲由推辭。俞謹庵說：「弟弟住得這麼遠，連開門的僕人都沒有，兄妹兩人孤苦無依，要怎麼過日子？不如跟我走，家裡有房子可以讓你們居住，意下如何？」恂九很高興，相約考後一起回家。考完試了，恂九邀俞謹庵去他家，說：「中秋的月亮，宛如白晝一般皎潔，妹妹素秋準備酒菜，你不要拂逆她的美意。」便拉著他過去。素秋出來寒暄兩句話，就進去屋裡煮飯了。不久端菜出來，俞謹庵起身說：「妹子忙東忙西，我們怎麼好意思！」素秋笑著進去。不久，換一個小婢女捧著酒壺，另一個婦人端出煮好的魚招待客人。俞謹庵詫異地問：「這些人是從哪裡來的？怎不早點喊出來，反而煩勞妹子親自動手？」俞恂九微笑說：「小妹又在故弄玄虛了。」只聽裡面傳來吃吃的笑聲，俞謹庵不明就裡。等到筵席結束，婢女和婦人出來收拾，俞謹庵正好咳嗽，不小心噴到婢女衣服上；婢女隨著唾液倒下，碗摔碎了，湯流了一地。仔細一看，婢女變成一個用布剪出的小人，只有四寸多長。恂九放聲大笑，素秋笑著出來，把小人撿起來。不久婢女又出來，照樣收拾碗筷，俞謹庵大感吃驚。恂九說：「這個只是小妹年幼時，學的一些作法畫符的小伎倆。」俞謹庵接著問：「弟妹都長大了，為何還沒婚嫁？」恂九回答：「家父過世時，未來吉凶禍福難料，因此一直沒成親。」接著他們商量好行程，把房子賣了，帶著妹妹和俞謹庵一起走了。回家以後，俞謹庵整理出屋子給兄妹倆住，又找一個婢女替他們打理家務。

俞妻是韓侍郎的姪女，她特別喜歡素秋，兩人三餐都一起用餐。俞謹庵跟恂九也是一樣。恂九非常聰慧，能夠一目十行，隨手寫一篇文章，都能勝過那些在文壇上有名氣的人。俞謹庵勸他參加科舉，恂九說：「姑且以此為目標，是想與你一同分擔讀書的辛苦。我自知命途多舛，難在仕途上有成就；而且一旦走上這條路，就必須在課業上斤斤計較，所以我不參加科舉。」兩人一起住了三年，俞謹庵又落榜。恂九深為他打抱不平，說：「想要金榜題名，怎麼就這麼困難呢！我一開始不想受成敗干擾，寧願與世無爭。現在看大哥抑鬱不得志，不由得也躍躍欲試，十九歲的老童生想要飛黃騰達了。」俞謹庵聞言很高興，送他去考場，縣試、府試、院試接連都是榜首。恂九更是與俞謹庵一起發憤苦讀。第二年科舉考試，他成爲縣、府的雙冠軍。恂九聲名遠播，大家都爭相與他結親，恂九都推辭了。俞謹庵不斷勸說，他只好說等放榜再討論。

不久，科舉考試結束，仰慕者爭相抄錄他的文章，互相傳頌；恂九也自認爲不會輸給別人。直到放榜，兄弟兩人都沒錄取。那時他們對坐小酌，俞謹庵還強作歡笑；恂九則神色大變，酒杯墮地，摔到桌子底下。俞謹庵將他扶上床，恂九察覺病況嚴重，趕緊喊小妹過來，又對著謹庵說：「我們兩人雖然有如同胞兄弟，其實不是同一類人。我自知命不久矣，你的恩德我無法報答，素秋已經長大，既然大嫂疼愛她，就收她做個小妾吧。」俞謹庵臉色大變道：「眞是胡言亂語！別人會說我衣冠禽獸！」恂九很傷心。俞謹庵立刻重金收購棺木。恂九要求抬過來，拚命躺進棺木裡去。他跟妹妹說：「我死後立刻蓋棺，別讓人家看到。」俞謹庵還有話要對他說，恂九已經閉上眼睛，撒手人寰了。

俞謹庵非常悲傷，如同死了親兄弟一般。他對恂九所言蓋棺的遺囑感到詫異，等素秋出去，偷偷地開棺查驗，棺材裡的衣帽像殼一樣剝落下來；用手揭開，竟有一尺大的書蟲僵死在裡面。他正驚駭的時候，素秋忽然進來，神情悲慘地說：「兄弟之間還有什麼好隱瞞的呢？並非有意要瞞您，而是怕流言傳出去，我也沒法繼續待在這裡了。」俞謹庵說：「禮法是因人情

而制定，以我們的關係，非是同類有何差別？小妹怎麼就不明白我的眞心呢？即使是我的妻子我也不會說，不要擔心。」便趕緊挑選好日子，隆重地安葬恂九。當初，俞謹庵想替素秋選個好人家嫁了，可是恂九不願意。等到恂九過世後，俞謹庵找素秋商議此事，素秋依然不肯。俞謹庵說：「小妹已經二十歲了，尙未出嫁，恐怕會被人說閒話？」素秋答：「若是如此，那就按照兄長說的去辦。不過我自知福薄，不能嫁給富有的官商，只願嫁個貧窮的讀書人就心滿意足了。」俞謹庵說：「好。」

過了幾天，媒人在俞家進進出出，卻始終沒有一個合心意的。先前，俞妻的堂弟韓荃來弔喪，看到素秋便暗自喜歡她，想要買她作小妾。跟堂姊商議，堂姊叫他不可再提，恐怕被俞謹庵聽到。韓荃不死心，託人給俞謹庵傳話，答應替他打通關節，賄賂主持鄉試的考官。俞謹庵聽後，大聲怒罵，把傳話的人趕出家門，從此斷絕往來。又有前尙書的孫子某甲，妻子還未娶過門就死了，也找媒人來提親。某甲是眾所周知的顯赫人家，俞謹庵於是想親眼見見他，就請媒人約他到家裡商談。屆時，讓素秋躲在簾子後面，要她自己拿主意。某甲上門來了，他跟隨從都穿得光鮮亮麗，爲人更是溫文儒雅。俞謹庵大爲讚賞，素秋卻不喜歡。俞謹庵仍然答應他的求親，替素秋準備了很豐厚的嫁妝。素秋一直推拒，俞謹庵卻繼續替她操辦。等到嫁過去後，夫妻感情和睦，因爲大嫂想念她，每個月都回娘家。回來時，素秋總會帶幾件珍寶，讓大嫂珍藏。大嫂不知她是何用意，便也隨她去了。

然而某甲自幼父親過世，母親過於寵愛，予取予求，他其實在外面交了一群狐朋狗友，引誘他吃喝嫖賭，家裡的書畫古董都賣了還債。韓荃與他有來往，每天找某甲喝酒打聽消息，願意以兩個小妾及五百兩銀子交換素秋。某甲起初不肯答應，韓荃再三懇求，某甲有點動心，但怕俞謹庵會追究此事。韓荃說：「他雖和我是親戚，可又不同宗，如果事情辦成，他也拿我沒轍；假如他出面，我就自己解決。有家父在，你還怕俞謹庵做甚？」他把兩個姬妾打扮一番，讓她們出來敬酒，說：「如果按照約定，這兩位就是你家的人了。」某甲被韓荃的花言巧語給蒙蔽，定下日期就走了。到了約定好那一天，某甲又怕韓荃欺騙他，半夜就在路上等候，果然有轎子前來，打開簾子確認無誤，於是帶到書房裡。韓荃的僕人把五百兩銀子交給某甲，某甲跑進屋裡，誆騙素秋道：「俞謹庵得了重病，喚你過去。」素秋來不及妝扮，匆匆出門。韓荃的僕人領著抬轎的人離開後，夜裡迷失路徑，走了半天仍到不了目的地。忽然看見有兩盞大燈朝這方向過來，大家以為可以問路。燈到了眼前，才發現是一條巨蟒的雙眼，遠望就像兩盞燈。眾人大驚，把轎子丟在路邊，紛紛逃走；天亮了再去看，不見人影，只剩下空轎子。心想一定被蛇吃了，垂頭喪氣去稟報主人。

幾天以後，俞謹庵派人去探望素秋，才知她竟被騙走，起初不知是某甲做的。陪嫁的婢女回來後，俞謹庵詳細盤問細節，這才有點眉目。他非常忿怒，上官府衙門狀告某甲。某甲心中害怕，請韓荃幫忙。韓荃人財兩失，也正自懊惱，不肯幫忙。某甲不知該如何是好，衙役上門要逮捕某甲，某甲賄賂官差暫緩執行。一個多月時間，家中的金銀珠寶全典當光了，俞謹庵到官府追究甚急，各處官吏都奉嚴令處理。某甲知道逃不過，只好出面到公堂上說出實情，官府傳票拘捕韓荃前來對質，韓荃害怕，把事情稟報父親。韓父當時已退休，對他所作所為也很生氣，把他移交給官府。審訊時，韓荃說到在半路遇見蟒蛇，大家都認為他供詞奇怪而含糊不清，參與的家人被官府捉去用刑，某甲同樣屢被責打。幸好某甲的母親變賣田產，打通關節，刑罰較輕保住性命，韓荃的僕人則已被嚴刑拷打死在獄中了。韓荃一直被收押著，只好幫某甲拿出一千兩賄賂俞謹庵，哀求他不要再繼續告。俞謹庵不肯。甲母又送兩個姬妾給他，只求保留懸案慢慢尋訪。韓母透過俞妻不斷求情，請俞謹庵收手，他這才答應。某甲家道中落，賣房子籌錢，一下子無法出售，先把姬妾送過來，哀求他向衙門延期。

幾天後，俞謹庵坐在書房，素秋和一個婦人忽然進門來。俞謹庵驚訝地問：「小妹無恙否？」素秋笑道：「那條蟒蛇是我所變的戲法。我當晚躲進一個秀才家中，靠他母親照顧。他也認識哥哥，人就在門外。」俞謹庵趕忙出來相迎，是個宛平縣的名秀才周生，兩人素有往來。俞謹庵牽著他的手進屋，表達感激之情。兩人談了很久，才知事情始末。最初，素秋一大早敲周秀才的家門，秀才母親開門讓她進屋，一問之下，得知是俞謹庵的義妹，本欲通知俞謹庵。素秋阻止他，留下與周母一起住。周母很喜歡素秋，因為兒子沒訂親，想要素秋做她的兒媳婦。素秋以沒有兄長作主為由推辭。周秀才也以跟俞謹庵交情好，不肯擅自作主為藉口拖延此事。他們不斷派人打聽消息，知道訴訟已有轉圜餘地，素秋便與周母商量要回俞家。周母找周秀才帶著一個婦人送她回去，同時囑託婦人做媒。俞謹庵因爲素秋住在周秀才家頗有一段時日，也有心將她託付；聽到婦人提親很是高興，立刻與周秀才結爲親家。

起先，素秋回來，想讓俞謹庵收了某甲的錢後再出面說明。俞謹庵不肯，說：「這件事令我很憤怒無處宣洩，所以收他的錢讓他們破產。現在又與妹妹重逢，多少錢也不能答應！」立刻派人告訴兩家不再訴訟。又得知周秀才家境貧寒，路途又遙遠，操辦喜事困難，便將周母接來，讓她住在恂九以前住的房子裡；周秀才也準備金帛鼓樂，要迎娶素秋過門。

有一天，大嫂笑著問素秋：「現在嫁了新的丈夫，可還懷念前夫？」素秋笑著看婢女說：「你懷念嗎？」大嫂一頭霧水，便向她追問，原來三年閨房之樂都讓婢女代替。每晚以筆畫眉，叫她去找某甲，就算對面坐著，某甲也認不出來。大嫂覺得奇怪，請素秋教她，素秋只笑不答。第二年科舉考試，周秀才要和俞謹庵一起赴考。素秋說：「不用。」俞謹庵強拉他去。這一次，俞謹庵中舉，周秀才落第回來。隔年周母去世，也就無心赴考了。這一天，素秋對大嫂說：「過去你要我教你幻術，我一直不肯答應，因爲有些駭人聽聞。現在我打算遠行，要私下傳授你，將來可以用幻術躲避兵災。」大嫂很驚訝地問她原因，素秋回答：「三年以後這裡應當沒有人住。我身體柔弱，承受不起驚嚇，要到遠方海濱隱居。大哥在朝爲官，沒辦法一起去，所以要分別了。」說完教起大嫂幻術。幾天以後素秋告辭離去，俞謹庵無法挽留，問她說：「要去哪裡？」素秋也不肯說。一大早起來，帶了一個白鬍子的老奴，駕著兩頭驢子走了。俞謹庵偷偷派人跟隨，來到了膠州萊州邊界，塵霧遮天，霧散以後，素秋已經不見蹤影。

三年後李自成造反，村舍都變廢墟。韓夫人剪紙帛放在門內，土匪來了，看見雲霧圍繞著一尊有一仗多高的韋馱菩薩，都被嚇走了，因此家園無恙。後來村子裡有商人到海上，遇見一個人很像當年隨行素秋身旁的老奴，可是鬍鬚和頭髮都是黑的，倉促間認不出來。那個人停下來笑道：「我家公子可還康健嗎？麻煩你傳話：素秋姑娘也都很平安。」問他住在哪裡，說：「遠呢，遠呢！」那人匆匆離去。公子聽到，找人在那個地方打聽，仍是找不到。

記下奇聞異事的作者如是說：「讀書人有沒有做官的福相，這個早就知道了。一開始的想法很明確，但究竟還是沒有堅持下去。他們哪裡知道那些眼盲的主考官們，本來就是以命作取士的標準，哪裡會根據文章的好壞呢？一次考試沒能中第，便昏昏然死去，書蟲的癡情，眞是可憐啊！令人感到悲傷啊，男子漢大丈夫與其去爭取功名，倒不如甘於貧寒，反而能保永久平安。」

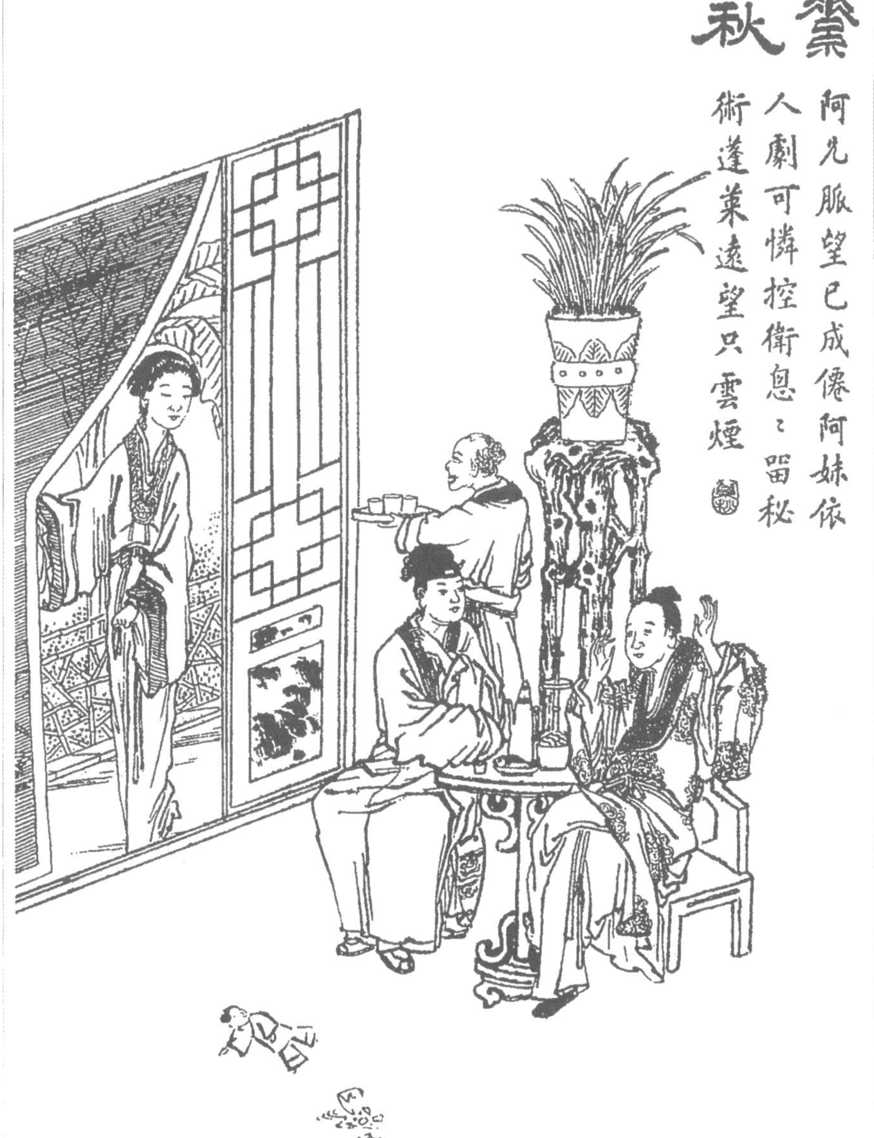
素秋
阿兄脈望已成僊阿妹依
人劇可憐控衛息ゝ畱秘
術蓬萊遠望只雲煙

賈奉雉

賈奉雉，平涼1人。才名冠一時，而試輒不售。一日，途中遇一秀才，自言郎姓，風格灑然，談言微中2。因邀俱歸，出課藝3就正。郎讀罷，不甚稱許，曰：「足下文，小試4取第一則有餘，闈場5取榜尾則不足。」賈曰：「奈何？」郎曰：「天下事，仰而跂之6則難，俯而就之7甚易，此何須鄙人言哉！」遂指一二人、一二篇以為標準，大率賈所鄙棄而不屑道者。聞之，笑曰：「學者立言8，貴乎不朽，即味列八珍9，當使天下不以為泰耳。如此獵取功名，雖登臺閣10，猶為賤也。」郎曰：「不然。文章雖美，賤則弗傳。君欲抱卷以終也則已；不然，簾內諸官，皆以此等物事11進身，恐不能因閱君文，另換一副眼睛肺腸也。」賈終嘿然。郎起而笑曰：「少年盛氣哉！」遂別而去。

是秋入闈復落，邑邑12不得志，頗思郎言，遂取前所指示者強讀之。未至終篇，昏昏欲睡，心惶惑無以自主。又三年，闈場將近，郎忽至，相見甚歡。因出所擬七題，使賈作文。越日，索文而閱，不以為可，又令復作；作已，又訾13之。賈戲於落卷14中，集其沓冗泛濫15，不可告人之句，連綴成文，俟其來而示之。郎喜曰：「得之矣！」因使熟記，堅囑勿忘。賈笑曰：「實相告：此言不由中，轉瞬即去，便受榎楚16，不能復憶之也。」郎坐案頭，強令自誦一過；因使袒背，以筆寫符而去，曰：「只此已足，可以束閣群書17矣。」驗其符，濯之不下，深入肌理。至場中，七題18無一遺者。回思諸作，茫不記憶，惟戲綴之文，歷歷在心。然把筆終以為羞；欲少竄易[19]，而顛倒苦思，竟不能復更一字。日已西墜，直錄而出。郎候之已久，問：「何暮也？」賈以實告，即求拭符；視之，已漫滅矣。再憶場中文，遂如隔世。大奇之。因問：「何不自謀？」笑曰：「某惟不作此等想，故能不讀此等文也。」遂約明日過諸其寓。賈諾之。郎既去，賈取文稿自閱之，大非本懷，怏怏不自得，不復訪郎，嗒喪[20]而歸。

未幾，榜發，竟中經魁[21]。閱舊稿，一讀一汗。讀竟，重衣盡溼。自言曰：「此文一出，何以見天下士矣！」方慚怍間，郎忽至曰：「求中即中矣，何其悶也？」曰：「僕適自念，以金盆玉椀貯狗矢[22]，真無顏出見同人。行將遁跡山丘，與世長絕矣。」郎曰：「此亦大高，但恐不能耳。果能之，僕引見一人，長生可得，並千載之名，亦不足戀，況儻來[23]之富貴乎！」賈悅，留與共宿，曰：「容某思之。」天明，謂郎曰：「予志決矣！」不告妻子，飄然遂去。

漸入深山，至一洞府，其中別有天地。有叟坐堂上，郎使參之，呼以師。叟曰：「來何早也？」郎白：「此人道念已堅，望加收齒。」叟曰：「汝既來，須將此身並置度外，始得。」賈唯唯聽命。郎送至一院，安其寢處，又投以餌[24]，始去。房亦精潔；但戶無扉，窗無櫺[25]，內惟一几一榻。賈解履登榻，月明穿射矣。覺微飢，取餌啖之，甘而易飽。竊意郎當復來，坐久寂然，杳無聲響。但覺清香滿室，臟腑空明，脈絡皆可指數。忽聞有聲甚厲，似貓抓癢，自牖[26]睨之，則虎蹲檐下。乍見，甚驚；因憶師言，即復收神[27]凝坐。虎似知其有人，尋入近榻，氣咻咻，遍嗅足股。少頃，聞庭中嗥[28]動，如雞受縛，虎即趨出。又坐少時，一美人入，蘭麝[29]撲人，

悄然登榻，附耳小言曰：「我來矣。」一言之間，口脂散馥。賈瞑然不少動。又低聲曰：「睡乎？」聲音頗類其妻，心微動。又念曰：「此皆師相試之幻術也。」瞑如故。美人笑曰：「鼠子動矣！」初，夫妻與婢同室，狎褻惟恐婢聞，私約一謎曰：「鼠子動，則相歡好。」忽聞是語，不覺大動，開目凝視，真其妻也。問：「何能來？」答云：「郎生恐君岑寂思歸，遣一嫗導我來。」言次，因賈出門不相告語，偎傍之際，頗有怨懟。賈慰藉良久，始得嬉笑為歡。既畢，夜已向晨[30]，聞叟譙訶[31]聲，漸近庭院。妻急起，無地自匿，遂越短牆而去。

俄頃，郎從叟入。叟對賈杖郎，便令逐客。郎亦引賈自短牆出，曰：「僕望君奢[32]，不免躁進；不圖情緣未斷，累受扑責。從此暫去，相見行有日也。」指示歸途，拱手遂別。賈俯視故村，故在目中。意妻弱步，必滯途間。疾趨里餘，已至家門，但見房垣零落，舊景全非，村中老幼，竟無一相識者，心始駭異。忽念劉、阮返自天臺[33]，情景真似。不敢入門，於對戶憩坐。良久，有老翁曳杖出。賈揖之，問：「賈某家何所？」翁指其第曰：「此即是也。得無欲聞奇事耶？僕悉知之。相傳此公聞捷[34]即遁；遁時，其子才七八歲。後至十四五歲，母忽大睡不醒。子在時，寒暑為之易衣；迨歿，兩孫窮踧[35]，房舍折毀，惟以木架苫[36]覆蔽之。月前，夫人忽醒，屈指百餘年矣。遠近聞其異，皆來訪視，近日稍稀矣。」賈豁然頓悟，曰：「翁不知賈奉雉即某是也。」

翁大駭，走報其家。時長孫已死；次孫祥，至五十餘矣。以賈年少，疑有詐偽。少間，夫人出，始識之。雙涕霪霪[37]，呼與俱去。苦無屋宇，暫入孫舍。大小男婦，奔入盈側，皆其曾、玄[38]，率陋劣少文。長孫婦吳氏，沽酒具藜藿；又使少子杲[39]及婦，與己共室，除舍舍祖翁姑。賈入舍，煙埃兒溺，雜氣熏人。居數日，懊惋殊不可耐。兩孫家分供餐飲，調飪尤乖[40]。里中以賈新歸，日日招飲；而夫人恆不得一飽。吳氏故士人女，頗嫻[41]閨訓，承順不衰。祥家給奉漸疏，或嘑爾與之[42]。賈怒，攜夫人去，設帳東里。每謂夫人曰：「吾甚悔此一返，而已無及矣。不得已，復理舊業，若心無愧恥，富貴不難致也。」居年餘，吳氏猶時餽餉，而祥父子絕跡矣。

是歲，試入邑庠[43]。邑令重其文，厚贈之，由此家稍裕。祥稍稍來近就之。賈喚入，計曩所耗費，出金償之，斥絕令去。遂買新第，移吳氏共居之。吳二子，長者留守舊業；次杲頗慧，使與門人輩共筆硯[44]。賈自山中歸，心思益明澈。無何，連捷[45]登進士第。又數年，以侍御[46]出巡兩浙，聲名赫奕[47]，歌舞樓臺，一時稱盛。賈為人鯁峭[48]，不避權貴，朝中大僚，思中傷之。賈屢疏恬退[49]，未蒙俞旨[50]，未幾而禍作矣。先是，祥六子皆無賴，賈雖擯斥不齒[51]，然皆竊餘勢以作威福，橫占田宅，鄉人共患之。有某乙娶新婦，祥次子篡取為妾。乙故狙詐，鄉人斂金助訟，以此聞於都。於是當道者交章攻賈。賈殊無以自剖，被收經年。祥及次子皆瘐死。賈奉旨充遼陽軍。時杲入泮已久，為人頗仁厚，有賢聲。夫人生一子，年十六，遂以囑杲，夫妻攜一僕一媼而去。賈曰：「十餘年富貴，曾不如一夢之久。今始知榮華之場，皆地獄境界，悔比劉晨、阮肇，多造一重孽案耳。」數日，抵海岸，遙見巨舟來，鼓樂殷[52]作，虞候[53]皆如天神。既近，舟中一人出，笑請侍御過舟少憩。賈見驚喜，踴身而過，押隸不敢禁。夫人急欲相從，而相去已遠，遂憤投海中。漂泊數步，見一人垂練於水，引救而去。隸命篙師[54]盪舟，且追且號，但聞鼓聲如雷，與轟濤相間，瞬間遂杳。僕識其人，蓋郎生也。

異史氏曰：「世傳陳大士[55]在闈中，書藝既成，吟誦數四，歎曰：『亦復誰人識得！』遂棄而更作，以故闈墨不及諸稿[56]。賈生羞而遁去，此處有仙骨[57]乃再返人世，遂以口腹[58]自貶，貧賤之中[59]人甚矣哉！」

1平涼：古代縣名，在今甘肅省東部。

2談言微中：言談隱約委婉內含嘲諷，暗合事理。語出《史記．滑稽列傳》：「談言微中，亦可解紛。」

3課藝：八股文的習作。

4小試：參加府、縣及學政的考試。此指歲試或科試。

5闈場：也稱「大場」，科舉考試的考場。此分春秋闈，秋闈指鄉試，春闈指會試。

6仰而跂之：抬起頭，踮起腳尖，比喻想要攀上高枝，謀求富貴。跂，讀作「企」，踮起腳尖。

7俯而就之：比喻降低標準以屈從。出自《禮記．檀弓上》：「子思曰：先王之制禮也，過之者，俯而就之；不至焉者，跂而及之。」

8立言：樹立精闢可傳後世的言論、學說。出自《左傳．襄公二十四年》：「太上有立德，其次有立功，其次有立言，雖久不廢，此謂之不朽。」

9八珍：八種珍貴的食品。一般指龍肝、鳳髓、豹胎、鯉尾、鴞炙、猩脣、熊掌、酥酪蟬八種。後泛指美味佳餚。典出《三國志．卷二一．魏書．王衛二劉傳傳．衛覬》：「禮，天子之器必有金玉之飾，飲食之肴必有八珍之味。」

10臺閣：漢代對尚書的稱呼，明清時為各部長官。

11物事：東西、貨色。

12邑邑：鬱鬱寡歡的樣子。

13訾：讀作「紫」，詆毀、說壞話。

14落卷：落榜者的試卷。

15沓冗泛濫：文句繁雜，說不到重點，內容空泛。

16榎楚：「榎」和「楚」都是古時學校的體罰用具，此處作動詞，鞭打。榎，讀作「甲」。

17東閣群書：把群書束之高閣。意謂把書棄置不用，不讀書的意思。

18七題：即「七藝」。七藝，清代科舉鄉試，第一場有七道題目，都要考《四書》文義三篇，論語、孟子必須各占一題，另外一題大學、中庸可以任選。《五經》文義各四題，考生可選擇專精的項目。考生須以八股文作答，當代人稱為七藝。鄉試第一場試時文七篇，四書三題，經書四題。

19竄易：更改。

20嗒喪：失魂落魄、垂頭喪氣的樣子。嗒，讀作「踏」。

21經魁：明清科舉分五經取士，每科鄉試及會試，於五經

◆**但明倫評點：**姓名假借，要亦異史氏寓言，作此狡獪。

假借他人姓名，寫成這篇異史氏的寓言故事，作此玩笑。

中各取其第一名，明代稱五經魁首或魁首，清代稱「經魁」。

22以金盆玉碗貯狗矢：外表光鮮亮麗，實則內在腐敗不堪。出自《新五代史．孫晟傳》：「（孫晟）與馮延巳並為昇相。晟輕延巳為人，常曰：『金碗玉盆而盛狗矢，可乎？』」

23儻來：意外得到。儻，讀作「躺」。

24餌：糕餅。

25櫺：讀作「凌」，窗戶框上或欄杆上雕花的格子。

26牖：讀作「有」，窗戶。

27收神：集中精神。

28嗥：讀作「豪」，吼叫、號哭之意。

29蘭麝：婦女身上散發的體香。

30夜已向晨：天將破曉。出自《詩經．小雅．庭燎》：「夜如何其，夜向晨。」

31譙訶：讀作「俏喝」，斥責、責罵。

32奢：過分。

33劉、阮返自天臺：劉義慶《幽明錄》記載，劉晨、阮肇路遇仙女的傳說。

34捷：鄉試中舉。

35窮踧：貧困潦倒。踧，同「蹙」，讀作「促」。

36苫：讀作「山」，以草編成的覆蓋物。

37霪霪：久雨的樣子。霪，讀作「銀」。

38曾、玄：曾孫、玄孫。

39杲：讀作「稿」，明亮貌。

40調飪尤乖：不擅長烹飪，烹飪手藝差勁。乖，差勁。

41嫺：熟悉。

42嘑爾與之：大呼小叫的拿東西給人，形容極不情願。嘑，讀作「戶」，大聲喝斥。

43邑庠：古代科舉制度中對縣學的稱呼。庠，讀作「翔」，學校。

44筆硯：指讀書、寫字等事。此指與人共學、共讀。

45連捷：指鄉試、會試連續考中。

46侍御：即御史。

47赫奕：光明顯盛的樣子。

48鯁峭：讀作「梗俏」，正直嚴厲。

49恬退：淡泊名利，安於退讓。此指向皇帝辭官，告老還鄉。

50俞旨：聖旨。

51擯斥不齒：意謂斷絕關係，不視為孫輩。擯斥，排除、斥退。擯，讀作「鬢」。

52殷：盛大。

53虞候：對下級官吏、侍從的通稱。此指侍從。

54篙師：此指船夫。

55陳大士：名際泰，江西臨川（今撫州市臨川區）人。明崇禎七年（西元一六三四年）進士，時年六十八歲。

56諸稿：平日習作的文章。

57仙骨：道家語，指得道成仙的資質。

58口腹：指飲食。

59中：讀作「眾」，傷害。

白話翻譯

賈奉雉是平涼人，頗有才名，卻屢試不第。有一天，他在路上遇到一個自稱姓郎的秀才，風度翩翩，談吐不凡。賈奉雉邀他回家，並拿出自己的習作請他指教。郎秀才讀完，覺得並非佳作，說：「閣下的文章，想要在歲試考個榜首不成問題，若是在鄉試這般場合，恐怕連榜尾也排不上。」賈奉雉問：「那我該如何精進呢？」郎秀才答：「天下之事，想要攀上高枝、謀求富貴都很難辦到，但若降低標準就容易得多，你心裡也是清楚的，又何必要我說出口呢？」說著，他舉了幾個人所作的文章為例，這些人平時被賈奉雉所不齒。他聽完後，笑道：「學者撰寫文章，貴在流傳不朽，即使享受山珍海味，也不會讓世人覺得奢侈。若如你所說的那樣，譁眾取寵以博取功名，即使能夠權傾一時，仍會被世人所不恥。」郎秀才說：「非也。就算寫得一手好文章，若是作者身分低微，便很難被世人所見聞。你若堅持己見，願意一生潦倒的話也就罷了，否則就只有自降格調這一條路，那些主考官們選文的標準就是如此，你若要他們換一副眼睛與心肝來閱讀你的文章，是絕不可能的。」賈奉雉聽完，默默不語。郎秀才站起身，笑道：「真是年輕氣盛啊！」說完，告辭離去。

這年秋天，賈奉雉參加科舉考試，又落榜了。他鬱鬱寡歡，突然想起郎秀才的話，取出郎秀才讓他當標準的那些文章，強迫自己研讀，但是還沒有讀完就睡著了。他的心中更加惶恐迷惑，不知該如何是好。三年後，考期將至，郎秀才忽然來了，見面後兩人都很高興。郎秀才出示他擬的七個題目，讓賈奉雉來練習。第二天，郎秀才驗收成果，覺得不行，又讓賈奉雉重新寫過；等賈奉雉寫完了，又被批評得體無完膚。賈奉雉就戲作了一篇文章，從落榜生員的試卷中，摘取冗長繁瑣、言之無物、詰屈聱牙的句子，拼湊成七篇文章，交給郎秀才。郎秀才讀完後，高興地說：「你總算開竅了！」讓他熟記這些文章，一再叮囑不要忘記。賈奉雉笑道：「實言相告，這些文章都是言不由衷的東西，一眨眼的功夫就會忘記，你就算是打我一頓，我也記不起來。」郎秀才坐在桌案旁，強迫賈奉雉把這些文章朗誦一遍，然後讓他脫去上衣，露出後背，用筆在上面畫了幾道符，臨行前說：「只要有這幾篇文章就足夠了，其他的書可以不用讀了。」等郎秀才走後，賈奉雉查看背上的符，怎麼洗也洗不掉，已經烙印到皮肉裡了。

賈奉雉到了考場，發現題目與郎秀才擬的那七道題目一模一樣。他回想自己寫的其他文章，卻一點兒也想不起來，只有先前戲作那七篇文章，卻仍歷歷在目，揮之不去。他寫完以後，感到很恥辱，想要稍加修飾，但他苦思冥想，竟然不知要如何改。眼看太陽就要下山，他只好直接抄錄下那七篇文章，然後離開考場。郎秀才在外面等候，見他出來，問：「怎麼這麼遲才出來？」賈奉雉如實相告，並要求把背上的符擦掉。等他脫下衣服一看，符已消失，再回憶在考場上寫的的文章，卻恍如隔世，一點都想不起來。賈奉雉覺得奇怪，問：「你爲何不用此法求取功名呢？」郎秀才笑道：「我並不想做官，所以不用讀這樣的文章。」說完，就與賈奉雉相約明天到他的住處。郎秀才走後，賈奉雉取出那七篇文章，自己讀了一遍，完全不符合他的風格，鬱鬱寡歡，第二天他也沒有去拜訪郎秀才，懊惱地回家去了。

不久後放榜，賈奉雉竟然考中榜首。他又讀回原來的試卷，讀一篇就出一身冷汗，等到全部讀完，衣服全都濕透了。他自言自語道：「這樣的文章一公布，我還有什麼臉去見天下文人啊！」正自悔恨交加，忽然，郎秀才來了，問：「你已經達成所願，為何還悶悶不樂呢？」賈奉雉說：「我在想，寫出那樣的東西，好比用金盆玉碗盛裝狗屎，真是沒有臉面出去見人，我打算隱居山林。」郎秀才說：「如此倒也高雅，就怕你做不到。你若真能做到，我可以替你引見一人，能使你長生不老。如此的話，即使是千載留名，也不值得貪戀，何況是僥倖得來的富貴呢！」賈奉雉聽了很高興，邀請郎秀才留宿，並說：「讓我再想一想。」等到天亮，他對郎秀才說：「我已經下決心了！」也不向妻子告別，就和郎秀才一起走了。

兩人進入深山，來到一座洞府，洞中另有天地。一位老者坐在裡面，郎秀才讓賈奉雉上前參拜，並稱他為師父。老者問：「怎麼這麼早就來了？」郎秀才說：「他學道之心已很堅定，望師父收他為徒。」老者說：「你既然來了，就要忘卻凡俗中的一切，這樣才能得道成仙。」賈奉雉小心謹慎地答應了。郎秀才帶他到一座宅院裡，替他安排好住處，又弄些吃的來，才告辭離去。賈奉雉環顧房間很雅致整齊，房子沒有門，窗戶沒有框，屋裡只有一張茶几、一張

賈奉雉

一枕游山梦乍回
榮華射眼騰
寒灰少年盛氣
消磨盡自有

床。他脫下鞋子上了床，月光照了進來，他覺得有些餓，就拿點心來吃，味道甘美很快就吃飽了。他想著郎秀才可能還會來，原地坐了許久，四周寂靜無聲，滿屋子飄著一股清香，五臟六腑都感到清透明亮，連身上的脈絡都看得一清二楚。

忽然，他聽到彷彿貓咪抓癢一般的刺耳聲音，從窗戶往外望去，竟是一隻老虎趴在屋簷下。賈奉雉一看大吃一驚，很快想起師父的話，收斂心神，正襟危坐。老虎知道屋裡有人，不久後走進來，到了床前，呼哧呼哧地喘著氣，把賈奉雉的腿腳都嗅了一遍。片刻，庭院中傳來一陣響動，好像是有隻雞被綁住，老虎轉身跑出去。賈奉雉繼續在床上打坐，一個美女從外面走進來，身上散發的香氣迎面襲來。她悄悄地上床，貼著賈奉雉的耳朵說：「我來了。」她一開口說話，唇上的胭脂就散發出馥郁的香味。賈奉雉仍閉著雙眼，不動如山地坐著。美女又低聲問：「睡著了嗎？」聲音聽起來像是他的妻子，心中不由一動，轉念一想：「這些都是師父用來測試我的幻術。」他繼續閉著眼睛，美女笑道：「小老鼠動了！」先前，賈奉雉夫妻與丫鬟同住一屋，行房事時怕被丫鬟聽到，就私下約定暗號：「小老鼠動了。」然後就可以行房。賈奉雉突然聽到這句話，心神蕩漾，睜開眼睛一看，竟是他的妻子，就問：「你怎會來此？」妻子答：「郎生怕您寂寞，就派老婦人領我前來。」妻子因爲賈奉雉不告而別，雖然依偎在賈奉雉的懷中，臉上仍流露出幽怨的神色。賈奉雉安慰許久，兩人才親熱起來，一夜春宵之後，天都快亮了，就聽老者的呵斥聲逐漸接近。妻子急忙起來，發現無處可躲，翻過矮牆逃走了。

不久，郎秀才與老者一同進來。老者當著賈奉雉的面用拐杖責打郎秀才，要他把客人趕走。郎秀才帶著賈奉雉翻矮牆而出，對他說：「我對你的期望太高了，不免急躁冒進；沒想到你的情緣未斷，連累我受罰，你先走吧，將來有一天我們還會再見的。」說完，便指點他回去的路，拱手告辭了。賈奉雉低頭，看見自己住的村子就在眼前，心想妻子的身體孱弱走不快，肯定還在路上，急忙走了一里多路，到了家門口，發現房屋牆壁零落與原先的情況大不相同，村中的男女老幼，竟然沒有一個認識的，心中又驚又怕。忽然，他想起東漢的劉晨、阮肇在天臺山遇到神女的故事，後來回家時的情景，與眼前倒很相似。他不敢進門，在對面的住宅前坐下，過了許久，才有一個老人拄著拐杖走出來。賈奉雉朝他施禮，問：「賈奉雉家在何處？」老人指著面前的屋子說：「這裡就是。你大概也是想問這件事吧？我倒是都知道。傳說這位賈相公考中榜首後就失蹤了，他離家的時候，兒子才七、八歲。後來，兒子成長至十四、五歲時，母親忽然大睡不醒。他兒子在世時，不論寒暑都替她換衣服，等兒子死了以後，兩個孫子很窮，房屋也都拆掉了，只好用木架鋪上草把她蓋上。一個月前，老夫人忽然醒過來，屈指一算已經一百年了，附近的人聽說這件怪事，都紛紛來查看，近來來訪的人略微少了些。」賈奉雉這才恍然大悟，說：「老人家不認識賈奉雉吧，我就是呀。」

老人聽了很震驚，趕緊到賈家報信去。這時長孫已經死了，二孫子賈祥已經五十多歲，他看到賈奉雉還是少年模樣，懷疑他是騙子。不久，賈奉雉的夫人出來，才將他認出來。夫妻倆淚流滿面，互相寒暄著進屋，然而房子拆掉了，只好暫住在孫子家，家中的人全跑出來看，一大群人圍在他們身邊。這些人都是他們的曾、玄孫，長得醜陋粗俗，沒有學識。長孫媳婦吳氏去買來酒，做了粗茶淡飯招待他們，又讓小兒子賈杲和他的媳婦來跟自己住一起，騰出房間打掃乾淨給祖父住。賈奉雉進了屋，四處都是煙霧和塵土，夾雜著尿臊味，一股臭氣撲鼻而來，才住了幾天就難以忍受。夫妻倆的一日三餐由兩個孫子輪流供應，煮得很難吃。村民們因爲賈奉雉剛回來，天天輪流請他喝酒吃飯，他的夫人卻時常挨餓。

長孫媳婦吳氏出身書香門第，懂得禮數，一直恭敬地侍奉，不敢怠慢。然而賈祥家的供奉日漸稀少，有時候幾天都不拿食物過來。賈奉雉對此很生氣，帶著夫人離家，到東村教書去了。他時常對夫人說：「我很後悔回來，但是已經來不及了，迫不得已，我只好重操舊業，心中若不感到羞愧恥辱，想要求取功名並非難事。」住了一年多，吳氏不時送食物過來，而賈祥父子卻再也不上門了。

這一年，賈奉雉通過考試進了縣學。縣令很看重他的文章，給他不少錢財。家境這才稍微富裕起來，賈祥也逐漸來走動。賈奉雉把他叫進屋，算了算當年他奉養自己的花費，把錢還給他，命他從此不許再來。他又買了一棟新房子，將吳氏接來一起住，吳氏有兩個兒子，大的留下來守著原來的家業，二兒子賈杲很聰明，賈奉雉就讓他和學生一起讀書。他自從山中回來後，頭腦更加清明，每次考試都上榜，一舉考上進士。又過了幾年，他以侍御的身分出巡兩浙，聲名顯赫，家中也很富有，一時傳爲美談。賈奉雉爲人耿直，不怕觸怒權貴，朝中大臣因此想找機會中傷他。賈奉雉屢次上書請求辭官還鄉，皇上都不允許。不久後，災禍臨頭了。

先前，賈祥的六個兒子都是地痞流氓，賈奉雉雖與他們沒有往來，他們卻頂著他的名字作威作福，強行霸占他人的田產房屋，鄉親們都把他們當成災難。村中某乙娶妻，賈祥的二兒子竟然強行奪來做妾。某乙原本就是一個狡猾奸詐的人，鄉里百姓捐錢讓他打官司，這件事一直傳到京城，朝中大官紛紛上奏攻擊賈奉雉，他百口莫辯，入獄關了一年。賈祥和他的兒子也在獄中病死了，賈奉雉被判到遼陽充軍。

這時，賈杲入學已經很久了。他爲人仁厚，名聲不錯。賈奉雉的夫人又生了一個兒子，已經十六歲，他們便將兒子託給賈杲收養，然後帶著一個僕人和一個婢女出發。賈奉雉說：「十幾年的富貴，不過如過眼雲煙。如今才知富貴場皆是地獄。我眞是後悔，比起劉晨、阮肇，還多造了一次罪孽。」

數日後，他們到達海邊，有一艘大船朝他們駛來，鼓樂喧天，侍從都宛如天神般。船靠近後，一個人從艙內走出，笑著請賈奉雉到船上休息片刻。賈奉雉一見此人，十分驚喜，一縱身就跳上船去，押解他的差役也不敢阻攔。夫人急忙想跟過去，然而船已經駛遠，她就憤恨地跳海了。賈夫人在水中漂流了一會兒，只見一個人從大船上放下一條白布，把她拉上船

去。押解的差役急忙命令船夫划船去追，一邊追一邊喊，只聽到鼓聲如雷，與波濤的轟鳴聲相互呼應，一眨眼工夫，船就消失得無影無蹤。賈奉雉的僕人認得船上那個人，正是郎秀才。

記下奇聞異事的作者如是說：「世人傳說陳大士在闈場上，文章寫好後，吟誦數遍，嘆氣說：『也不知道什麼人能識得這樣的好文章！』說完，把文章扔掉，重新作了一篇。他在考場的文章卻不如他平時寫的文章。賈奉雉因爲寫了那樣的文章覺得羞恥逃走，說明他也是一個有仙骨的人。但是，等他再回到人間，爲了生計只好貶低自己身分，可見貧窮對人的骨氣傷害是多麼的大啊！」

臙脂

東昌[1]卞氏，業牛醫者，有女小字臙脂，才姿惠麗。父寶愛之，欲占鳳[2]於清門，而世族鄙其寒賤，不屑締盟，所以及笄未字。對戶龔姓之妻王氏，佻脫善謔，女閨中談友也。一日，送至門，見一少年過，白服裙帽，丰采甚都。女意似動，秋波縈轉之。少年俯其首，趨而去。去既遠，女猶凝眺。王窺其意，戲之曰：「以娘子才貌，得配若人，庶可無恨。」女暈紅上頰，脈脈不作一語。王問：「識得此郎否？」答云：「不識。」王曰：「此南巷鄂秀才秋隼，故孝廉之子。妾向與同里，故識之，世間男子，無其溫婉。今衣素，以妻服未闋[3]也。娘子如有意，當寄語使委冰[4]焉。」女無語，王笑而去。數日無耗，心疑王氏未暇即往，又疑宦裔不肯俯拾。邑邑徘徊，縈念頗苦；漸廢飲食，寢疾惙頓[5]。王氏適來省視，研詰病因。答言：「自亦不知。但爾日別後，即覺忽忽不快，延命假息，朝暮人也。」王小語曰：「我家男子，負販未歸，尚無人致聲鄂郎。芳體違和，非為此否？」女赬顏[6]良久。王戲之曰：「果為此者，病已至是，尚何顧忌？先令夜來一聚，彼豈不肯可？」女嘆息曰：「事至此，已不能羞。但渠不嫌寒賤，即遣媒來，病當愈；若私約，則斷斷不可！」王頷之，遂去。

王幼時與鄰生宿介通，既嫁，宿偵夫他出，輒尋舊好。是夜宿適來，因述女言為笑，戲囑致意鄂生。宿久知女美，聞之竊喜，幸其機可乘也。將與婦謀，又恐其妒，乃假無心之詞，問女家

閨闥[7]甚悉。次夜，踰垣入，直達女所，以指叩窗。內問：「誰何？」答以：「鄂生。」女曰：「妾所以念君者，為百年，不為一夕。郎果愛妾，但宜速倩冰人；若言私合，不敢從命。」宿姑諾之，苦求一握纖腕為信。女不忍過拒，力疾啟扉。宿遽入，即抱求歡。女無力撐拒[8]，仆地上，氣息不續。宿急曳之。女曰：「何來惡少，必非鄂郎；果是鄂郎，其人溫馴，知妾病由，當相憐恤，何遂狂暴若此！若復爾爾，便當鳴呼，品行虧損，兩無所益！」宿恐假跡敗露，不敢復強，但請後會。女以親迎為期。宿以為遠，又請之。女厭糾纏，約待病愈。宿求信物，女不許。宿捉足解繡履而去。女呼之返，曰：「身已許君，復何吝惜？但恐『畫虎成狗』[9]，致貽污謗。今褻物已入君手，料不可反。君如負心，但有一死！」宿既出，又投宿王所。既臥，心不忘履，陰揣衣袂，竟已烏有。急起篝燈[10]，振衣冥索。詰之，不應。疑婦藏匿，婦故笑以疑之。宿不能隱，實以情告。言已，遍燭門外，竟不可得。懊恨歸寢，竊幸深夜無人，遺落當猶在途也。早起尋之，亦復杳然。

先是，巷中有毛大者，游手無籍。嘗挑王氏不得，知宿與洽，思掩執[11]以脅之。是夜，過其門，推之未扃[12]，潛入。方至窗下，踏一物，耎[13]若絮帛，拾視，則巾裹女舄[14]。伏聽之，聞宿自述甚悉，喜極，抽身而出。逾數夕，越牆入女家，門戶不悉，誤詣翁舍。翁窺窗，見男子，察其音蹟，知為女來者。心忿怒，操刀直出。毛大駭，反走。方欲攀垣，而卞追已近，急無所逃，反身奪刃；媼起大呼，毛不得脫，因而殺之。女稍痊，聞喧始起。共燭之，翁腦裂不復能言，俄頃已絕。於牆下得繡履，媼視之，臙脂物也。逼女，女哭而實告之；但不忍貽累王氏，言鄂生之自至而已。天明，訟於邑。邑宰拘鄂。鄂為人謹訥，年十九歲，見客羞澀如童子。被執，駭絕。上堂不知置詞，惟有戰慄。宰益信其情真，橫加梏械。生不堪痛楚，以是誣服。即解郡，敲扑[15]如邑。生冤氣填塞，每欲與女面相質；及相遭，女輒詬詈[16]，遂結舌不能自伸，由是論死。往來覆訊，經數官無異詞。

後委濟南府復案。時吳公南岱守濟南，一見鄂生，疑不類殺人者，陰使人從容私問之，俾[17]盡得其詞。公以是益知鄂生冤。籌思數日，始鞫[18]之。先問臙脂：「訂約後，有知者否？」答：「無之。」「遇鄂生時，別有人否？」亦答：「無之。」乃喚生上，溫語慰之。生自言：「曾過其門，但見舊鄰婦王氏與一少女出，某即趨避，過此並無一言。」吳公叱女曰：「適言側無他人，何以有鄰婦也？」欲刑之。女懼曰：「雖有王氏，與彼實無關涉。」公罷質，命拘王氏。數日已至，又禁不與女通，立刻出審，便問王：「殺人者誰？」王對：「不知。」公詐之曰：「臙脂供言，殺卞某汝悉知之，胡得隱匿？」婦呼曰：「冤哉！淫婢自思男子，我雖有媒合之言，特戲之耳。彼自引奸夫入院，我何知焉！」公細詰之，始述其前後相戲之詞。公呼女上，怒曰：「汝言彼不知情，今何以自供撮合哉？」女流涕曰：「自己不肖，致父慘死，訟結不知何年，又累他人，誠不忍耳。」公問王氏：「既戲後，曾語何人？」王供：「無之。」公怒曰：「夫妻在床，應無不言者，何得云無？」王供：「丈夫久客未歸。」公曰：「雖然，凡戲人者，皆笑人之愚，以炫己之慧，更不向一人言，將誰欺？」命梏十指。婦不得已，實供：「曾與宿言。」公於是釋鄂拘宿。宿至，自供：「不知。」公曰：「宿妓者必無良士！」嚴械之。宿自供：「賺女是真。

自失履後，未敢復往，殺人實不知情。」公怒曰：「踰牆者何所不至！」又械之。宿不任凌藉，遂以自承。招成報上，無不稱吳公之神。鐵案如山，宿遂延頸以待秋決矣。

然宿雖放縱無行，故東國[19]名士。聞學使施公愚山[20]賢能稱最，且又憐才恤士之德，因以一詞控其冤枉，語言愴惻[21]。公乃討其招供，反覆凝思之。拍案曰：「此生冤也！」遂請於院、司，移案再鞫。問宿生：「鞋遺何所？」供曰：「忘之。但叩婦門時，猶在袖中。」轉詰王氏：「宿介之外，姦夫有幾？」供言：「無有。」公曰：「淫亂之人，豈得專私一個？」供言：「身與宿介，稚齒[22]交合，故未能謝絕；後非無見挑者，身實未敢相從。」因使指其人以實之。供云：「同里毛大，屢挑而屢拒之矣。」公曰：「何忽貞白如此？」命搒[23]之。婦頓首出血，力辨無有，乃釋之。又詰：「汝夫遠出，寧無有託故而來者？」曰：「有之，某甲、某乙，皆以借貸餽贈，曾一二次入小人家。」蓋甲、乙皆巷中遊蕩子，有心於婦而未發者也。公悉籍其名，並拘之。

既集，公赴城隍廟，使盡伏案前。便謂：「曩夢神人相告，殺人者不出汝等四五人中。今對神明，不得有妄言。如肯自首，尚可原宥；虛者，廉得無赦！」同聲言無殺人之事。公以三木置地，將並加之；括髮裸身，齊鳴冤苦。公命釋之，謂曰：「既不自招，當使鬼神指之。」使人以氈褥悉障殿窗，令無少隙；袒諸囚背，驅入暗中，始授盆水，一一命自盥訖；繫諸壁下，戒令「面壁勿動。殺人者，當有神書其背」。少間，喚出驗視，指毛曰：「此真殺人賊也！」蓋公先使人以灰塗壁，又以煙煤濯其手：殺人者恐神來書，故匿背於壁而有灰色；臨出，以手護背，而有煙色也。公固疑是毛，至此益信。施以毒刑，盡吐其實。

判曰：「宿介：蹈盆成括[24]殺身之道，成登徒子好色之名。祇緣兩小無猜，遂野鶩如家雞之戀[25]；為因一言有漏，致得隴興望蜀[26]之心。將仲子[27]而踰園牆，便如鳥墮[28]；冒劉郎[29]而至洞口，竟賺門開。感帨驚尨[30]，鼠有皮[31]胡若此？攀花折樹，士無行其謂何！幸而聽病燕[32]之嬌啼，猶為玉惜；憐弱柳之憔悴，未似鶯狂[33]。而釋幺鳳[34]於羅中，尚有文人之意；乃劫香盟於襪底，寧非無賴之尤！蝴蝶[35]過牆，隔窗有耳；蓮花卸瓣[36]，墮地無蹤。假中之假[37]以生，冤外之冤[38]誰信？天降禍起，酷械至於垂亡；自作孽盈，斷頭幾於不續。彼踰牆鑽隙[39]，固有玷夫儒冠[40]；而僵李代桃，誠難消其冤氣。是宜稍寬笞扑，折其已受之慘；姑降青衣[41]，開其自新之路。

「若毛大者：刁猾無籍，市井凶徒。被鄰女之投梭[42]，淫心不死；伺狂童之入巷，賊智忽生。開戶迎風[43]，喜得履張生[44]之跡；求漿值酒，妄思偷韓掾之香[45]。何意魄奪自天，魂攝於鬼[46]。浪乘槎[47]木，直入廣寒之宮；逕泛漁舟，錯認桃源[48]之路。遂使情火息焰，慾海生波。刀橫直前，投鼠無他顧之意[49]；寇窮安往，急兔起反噬之心[50]。越壁入人家，止期張有冠而李借[51]；奪兵遺繡履，遂教魚脫網而鴻離。風流道乃生此惡魔，溫柔鄉何有此鬼蜮[52]哉！即斷首領，以快人心。

「臙脂：身猶未字，歲已及笄。以月殿之仙人，自應有郎似玉；原霓裳[53]之舊隊，何愁貯屋無金？而乃感關雎而念好逑[54]，竟繞春婆之夢；怨摽梅[55]而思吉士，遂離倩女之魂[56]。為因一線纏縈，致使群魔交至。爭婦女之顏色[57]，恐失『臙脂』；惹鷙鳥[58]之紛飛，並托『秋隼』。蓮鉤[59]摘去，難保一瓣之香；鐵限[60]敲來，幾破連城之玉。嵌紅豆於骰子[61]，相思骨竟作厲階[62]；喪喬木[63]於斧斤，可憎才[64]真成禍水！葳蕤[65]自守，幸白壁之無瑕；縲絏[66]苦爭，喜錦衾之可覆[67]。嘉其入門之

拒，猶潔白之情人；遂其擲果[68]之心，亦風流之雅事。仰彼邑令，作爾冰人。」

案既結，遐邇傳誦焉。自吳公鞫後，女始知鄂生冤。堂下相遇，腆然含涕，似有痛惜之詞，而未可言也。生感其眷戀之情，愛慕殊切；而又念其出身微，且日登公堂，為千人所窺指，恐娶之為人姍笑，日夜縈迴，無以自主。判牒既下，意始安貼。邑宰為之委禽[69]，送鼓吹[70]焉。

異史氏曰：「甚哉！聽訟之不可以不慎也！縱能知李代[71]為冤，誰復思桃僵[72]亦屈？然事雖暗昧，必有其間，要非審思研察，不能得也。嗚呼！人皆服哲人[73]之折獄明，而不知良工之用心苦矣。世之居民上者，棋局消日，紬被放衙[74]，下情民艱，更不肯一勞方寸。至鼓動衙開，巍然高坐，彼嘵嘵[75]者直以桎梏靜之，何怪覆盆[76]之下多沉冤哉！

「愚山先生吾師也。方見知時，余猶童子。竊見其獎進士子，拳拳如恐不盡；小有冤抑，必委曲呵護之，曾不肯作威學校，以媚權要。真宣聖之護法[77]，不止一代宗匠，衡文無屈士已也。而愛才如命，尤非後世學使虛應故事者所及。嘗有名士入場，作『寶藏興焉』文，誤記『水下』；錄畢而後悟之，料無不黜之理。作詞曰：『寶藏在山間，誤認卻在水邊。山頭蓋起水晶殿。瑚長峰尖，珠結樹顛。這一回崖中跌死撐船漢！告蒼天：留點蒂兒[78]，好與友朋看。』先生閱文至此，和之曰：『寶藏將山誇，忽然見在水涯。樵夫漫說漁翁話[79]。題目雖差，文字卻佳，怎肯放在他人下。嘗見他，登高怕險；那曾見，會水淹殺[80]？』此亦風雅之一斑，憐才之一事也。」

◆**何守奇評點：**宿介之刑，孽由自作；顧鄂秋隼則何罪哉！乃知文人多結夙生冤也。吳、施二公，並斯文之護法。

宿介所受的刑法，都是他自作自受；反觀鄂秋隼犯了何罪？這才知道文人多受到冤獄。吳大人和施大人，都為讀書人辯解，真是他們的護法啊！

1東昌：古代府名，今山東省聊城市東昌府區。
2占鳳：嫁女謹慎挑選女婿。
3未闋：服喪期未滿。闋，讀作「卻」，此指喪期。
4冰：說媒，媒人。
5惙頓：疲倦委頓。惙，讀作「綽」，憂愁而面露疲態的樣子。
6頳顏：臉色漲紅，害羞的樣子。頳，讀作「稱」，淡紅色。
7閨闥：原指閨房，此處解作閨房中的私隱。闥，讀作「踏」。
8撐拒：撐持抵抗。
9畫虎成狗：原本想畫老虎，畫出來卻像是狗。即「畫虎不成反類犬」。
10篝燈：作動詞用，點燈。篝，讀作「溝」。
11掩執：捉姦在床。
12扃：讀作「窘」的一聲，門閂。此作動詞用，將門上鎖之意。
13耎：讀作「軟」，通「軟」。
14舄：讀作「系」，指鞋子。
15敲扑：嚴刑拷打。扑，讀作「撲」。
16詈：讀作「立」，責罵。
17俾：讀作「必」，使，使之。
18鞫：讀作「局」，審問、審判。
19東國：今山東省。
20施公愚山：施愚山，清安徽宣城人，本名施閏章，字尚白，號愚山，是著名詩人，蒲松齡是他的學生。
21愴惻：悽惻悲痛。愴，讀作「創」。
22稚齒：少年。
23搒：讀作「蹦」，拷打。
24盆成括：複姓盆成，名括，戰國時代人。孟子聽說盆成括到齊國作官，認為他雖小有才能，卻不知修身端正品德，最終惹上禍端，被人所殺。
25野鶩如家雞之戀：只把偷情當成夫妻之愛。野鶩，野鴨，指私通的女子。鶩，讀作「物」。家雞，借指妻子。
26得隴興望蜀：比喻貪得無厭，不知滿足。
27仲子：家中次子，排行第二。此指男人。
28鳥墮：形容身手矯捷。
29劉郎：東漢永平年間，劉晨、阮肇在天臺山遇到仙女的故事。事見南朝宋．劉義慶《幽明錄》。
30感帨驚尨：比喻男人對女人動粗。帨，讀作「稅」，佩巾，即手帕。尨，讀作「忙」，多毛的狗。
31鼠有皮：老鼠的皮毛，比喻人的羞恥心。
32病燕：生病柔弱的女子，此指臙脂。
33鶯狂：原指男女放縱行淫樂之事，此處形容性侵女性的行為。
34么鳳：一種鳥類，形似鳳凰而體型較小。此處比喻臙脂。
35蝴蜨：即蝴蝶。蜨，「蝶」的異體字。
36蓮花卸瓣：指宿介強脫臙脂的鞋子。
37假中之假：宿介冒名頂替鄂秋隼（讀作「準」）冒犯臙脂。
38冤外之冤：指鄂秋隼代替宿介受罰，宿介又替毛大承擔罪名。

39蹦牆鑽隙：指男女偷偷私會。語出《孟子·滕文公下》：「不待父母之命，媒妁之言，鑽穴隙相處，踰牆相從，則父母國人皆賤之。」

40儒冠：儒者所戴的帽子，借指秀才的頭銜。

41降青衣：指附生（附學生員）降為青生（即青衣，著藍衫）。此為清代科舉制度，生員參加年終評量，成績不及格者則降等。

42投梭：女子拒絕男子的調戲。典故出自《晉書·卷四九·謝鯤傳》，晉朝謝鯤調戲鄰居家的女子，被女子用織布機上的梭子扔擲，打落他的牙齒。

43開戶迎風：男女相戀暗通款曲。

44張生：唐代元稹小說《鶯鶯傳》的男主角，後被改編為元曲《西廂記》裡的角色。本名張珙（讀作「鞏」），字君瑞，西洛人，禮部尚書之子，家境清寒。他與崔鶯鶯在寺裡相戀，兩人經常私下幽會，後張生始亂終棄，兩人美夢成空。此借指宿介。

45妄思偷韓掾之香：此處借用晉韓壽與大臣之女賈午私通的典故，賈午偷來晉武帝賜給父親賈充的異域奇香來送給韓壽。事見《晉書·卷四十·賈充傳》。後用來比喻男女暗中私通。此處比喻毛大妄想學宿介去輕薄臙脂。掾，讀作「院」，古代官員的通稱。

46魄奪自天，魂攝於鬼：即鬼迷心竅，不由自主。

47槎：讀作「察」，木筏。

48桃源：即桃花源。晉代陶淵明〈桃花源記〉中，描述武陵漁人遇見一群自秦朝起即躲避戰亂的隱居平民，他們的居處是陶淵明理想中的世外桃源。此處借指臙脂居住的閨房。

49投鼠無他顧之意：把投鼠忌器成語倒反來用，比喻卞某為了擊打歹徒而奮不顧身。

50急兔起反噬之心：兔子被逼急了，為求自保，反咬人一口。比喻毛大奪走刀刃反過來殺了卞某。

51張有冠而李借：即張冠李戴。此指毛大冒名頂替鄂秋隼要玷汙臙脂。

52鬼蜮：鬼怪，比喻陰險的小人。語出《詩經·小雅·何人斯》：「為鬼為蜮，則不可得。」蜮，讀作「育」，傳說中一種住在水中害人的毒蟲。

53霓裳：以霓所製成的衣裳，仙女所穿的服裝。此處借指臙脂是下凡的仙女，比喻她貌美無雙。

54關睢而念好逑：出自《詩經·周南》：「關關睢鳩，在河之州。」此指臙脂屬意心目中的理想配偶。好逑，理想的結婚對象。

55摽梅：等到梅子成熟落地才知道已經太遲了，比喻女子已到婚配年齡。語出《詩經·召南·摽有梅·序》：「摽有梅，男女及時也。」摽，讀作三聲「漂」。

56離倩女之魂：典故出自唐代陳玄祐的傳奇故事〈離魂記〉，敘述一女子倩娘與表兄王宙相戀，但因父親反對而身染重病。後魂魄離體與王宙私奔結為夫婦，離家五年生了兩個兒子，直至倩娘回家，魂魄與在家中的肉身相結合，才知道原來隨王宙私奔的是她的魂魄。

57顏色：美色，此指臙脂。

58鷙鳥：凶猛的禽鳥。此處借指宿介、毛大。鷙，讀作「至」。

59蓮鉤：古代女子纏足後的金蓮小腳。

60鐵限：鐵製成的門檻。

61嵌紅豆於骰子：指深入骨髓的相思。
62厲階：通向災禍的階梯。語出《詩經．大雅．桑柔》：「誰生厲階，至今為梗。」後指禍端。
63喬木：樹木高大而有主幹者，此處比喻父親。
64可憎才：用來稱呼意中人的反面話。
65葳蕤：形容草木嫩弱的樣子，用以比喻處女。蕤，讀作「瑞」的二聲。
66縲絏：讀作「雷謝」。古代用以捆綁罪犯的黑色繩索，此處引申為牢獄。
67喜錦衾之可覆：指鄂秋隼被吳岱南所救。錦衾，原指錦被。覆錦衾，有庇護之意。衾，讀作「侵」。
68擲果：形容婦女愛慕俊美男子之情。晉代潘岳容貌俊美，每次出門時，洛陽的婦女無不爭相把果子丟擲到他的車上，每次都載滿一車子回去。事見《晉書．卷五五．潘岳傳》。

69委禽：下聘。
70鼓吹：成親時演奏鼓吹的樂隊，此處借指婚禮。
71李代：代人受過。
72桃僵：惹事闖禍之人。
73哲人：此指明察秋毫的官吏。
74紬被放衙：荒廢政務。紬，讀作「愁」，通「綢」，高級的絲織品。
75嘵嘵：狀聲詞，爭辯的聲音。嘵，讀作「蕭」。
76覆盆：盆子倒扣不見光明，比喻黑暗的官府。
77宣聖之護法：護衛儒家思想之人。
78留點蒂兒：給他留點顏面。
79樵夫漫說漁翁話：樵夫淨說些漁翁說的話，即文不對題之意。
80會水渰殺：深諳水性的人被水給淹死，此指會寫文章的人卻在考場失利。渰，讀作「掩」，淹沒。

白話翻譯

有個姓卞的牛醫是東昌府人，有一個女兒，小名叫臙脂。她才貌雙全，既聰慧又貌美。父親非常疼愛她，想把她許配給書香子弟。但是那些名門望族嫌她出身寒微，不願與她結親。臙脂已成年，卻仍未婚配。

鄉里間有一戶龔家，就住在臙脂家對面，妻子王氏，性情輕浮，愛開玩笑，常與臙脂閒聊。有一天，胭脂送王氏到門口，一個少年從門前經過。他身穿白色衣，頭戴白帽，是個丰姿俊朗的少年郎。胭脂與他匆匆一瞥，像似有所動心，盯著那少年，上下打量，目不轉睛。那少年低下頭，急忙走過去，走得看不見人影了，胭脂還在凝神眺望。王氏看出她春心萌動，開玩笑地說：「憑姑娘的才華美貌，配上像這位少年一般的人，才算是品貌相當。」胭脂羞紅著臉，含羞不語。王氏問：「你認識他嗎？」胭脂答：「不認識。」王氏說：「我認識他，他家住在南巷，名叫鄂秋隼，是個秀才，他父親生前是個舉人。我以前住在他家附近，與他是鄰居。世上的男子沒有比他更溫柔體貼的了，他穿著白衣，是因爲他剛死了妻子，喪期未滿，姑娘若對他有意，我可派人告訴他，讓他請媒人上門提親。」胭脂默然不語，王氏笑著離去。

數日後，鄂秋隼那邊一直沒傳來消息，胭脂懷疑王氏沒有去說，又疑心他是官宦人家的子弟，不肯娶她。心裡鬱鬱寡歡，整日爲了他牽腸掛肚，逐漸不思茶飯，終於病倒在床，奄奄一息。這一天，王氏剛好前來探望胭脂，見她如此憔悴，追問她染病的原因。胭脂說：「我也不知道。自從那天與你分別後，我就覺得悶悶不樂，現在就是苟延殘喘，命懸一線了。」王氏想起那件事，悄聲對她說：「我丈夫出門做生意，尚未歸來，所以還沒有託人傳話給鄂秀才。姑娘身體有恙，莫非就是因爲此事？」胭脂臉漲得通紅，默不言語。王氏戲謔地說：「若眞是如此，你都已經命懸一線了，還有什麼好顧忌的呢？先叫他今天晚上來此相聚，又豈有不肯之理？」胭脂嘆氣說：「事已至此，也沒什麼好害羞的了。只要他不嫌棄我家貧寒，立刻找人來說媒，我的病自然就會痊癒；如果是暗中私會，是絕對不行的！」王氏點點頭就回去了。

王氏年輕時與鄰居宿介私通，出嫁以後，宿介只要聽說她丈夫外出，就會來找她重溫舊好。這天晚上，宿介正好來到王氏家，王氏就把胭脂的事當成笑話說給宿介聽，並且開玩笑囑咐他捎信給鄂秀才。宿介很早就知道胭脂長得貌美，聽王氏這麼說，心中暗喜，認爲有機可乘。他本想與王氏商量，又怕她嫉妒，於是隨便說些話搪塞過去，同時將胭脂家中的布置路徑，問得詳細分明。

第二天晚上，宿介翻牆潛入卞家，一直走到胭脂的閨房，用手指輕叩窗戶，只聽有人問道：「誰呀？」宿介答：「我是鄂秀才。」胭脂說：「我是想與你白頭偕老，做正經夫妻，並非是無媒苟合，你如果對我有意，應該早點託人來說媒，如果私下幽會，恕難從命。」宿介假裝答應，又不斷哀求握她的手，作爲信誓。胭脂不忍心再三拒絕，勉強支撐病體，下床將房門打開。宿介立刻闖進來，抱住胭脂求歡。胭脂無力抵抗，跌倒在地，喘不過氣，宿介趕緊將她拉起來。胭脂說：「你是哪裡來的無賴，肯定不是鄂郎；若眞是鄂郎，他長得溫文儒雅，知道我爲了他病成這樣子，應該會體貼我，怎麼會如此粗暴！你若是再這樣，我就要叫喊出聲了，讓大家都知道這件事，敗壞你的名聲，對你我都不好！」宿介怕冒名頂替的事情敗露，不敢再勉強，只要求下一次再見，胭脂說要等迎親時才再見。宿介認爲時間太長，又再三要求。胭脂厭煩他不斷糾纏，說等她病好以後再見。宿介又要一件貼身事物做爲信物，胭脂不肯答應，他

就將臙脂的腳捉住，硬是脫下一隻繡花鞋，把它拿走了。臙脂叫他回來說：「我已經以身相許，哪裡還吝惜一件東西？只怕弄巧成拙，事情不成反被人家恥笑。如今這繡花鞋已經被你得到，想必是要不回來了。你若是負我，我只有一死！」

宿介從卞家出來，又到王氏家去住。他雖然已躺在床上，心裡卻惦記那隻繡花鞋，暗中往懷裡一摸，發現繡花鞋不見了。他急忙起身，點亮燈籠，抖動衣服，四處尋找。王氏問他找什麼，他也不回答，疑心王氏把繡花鞋藏起來。王氏故意笑著裝做不知，他更加懷疑是她拿走的。宿介知道瞞不了，就將這件事告訴她。說完以後，他又提著燈籠四處尋找，依舊沒尋到，只好懊惱地回床上睡下，心想三更半夜沒人會去撿，即使弄丟了也應該還在路上，第二天一大早就去尋找，還是一無所獲。

先前，有個叫毛大的人住在巷子裡，性情遊手好閒，曾經想挑逗王氏卻沒有得手。他知道宿介跟王氏相好，總想能撞上一次，好以此來脅迫王氏。那天晚上，毛大經過王氏家門口，一推門，發現門沒上閂，就悄悄地進去。剛到窗下，忽然腳下踩了一件軟綿綿的東西，撿起來一看，發現是一條汗巾裹著一隻繡花鞋，他躲在窗臺上偷聽，宿介所說的經過都被他聽見了，很是高興，就離開了王氏家。

幾天後，毛大翻牆，溜進臙脂家，但他不熟悉路徑，竟然誤闖卞老頭的房間。卞老頭從窗戶外看見一個男人的身影，猜想他是來找女兒的，當下很生氣，拿起一把刀就衝了出來。毛大

臙脂
小劫情天
又幾回辨明冤枉
謝良媒五花妙判鴛
鴦牒東國爭傳折獄才

一見，很是害怕，轉身要逃。剛要爬上牆頭，卞老頭已經追到了，毛大急得無路可逃，轉身去搶卞老頭的刀。這時，卞氏起來，大聲呼救。毛大眼看無法脫身，眨眼殺了卞老頭。胭脂的病剛好沒多久，聽到院子裡有吵鬧聲，這才下床，母女倆點上蠟燭一看，發現卞老頭的頭已經被人劈成兩半，嘴巴開合發不出聲音，不久就斷氣了。母女倆在牆角邊找到一隻繡花鞋，卞氏一看，認出是胭脂的，便逼問女兒，胭脂哭著將事情告訴了母親，只是不忍心拖累王氏，就說是鄂秀才自己前來的。

天亮以後，母女告到縣衙裡去。縣官派人將鄂秋隼羈拿歸案。鄂秋隼為人拘謹木訥，少言寡語，已經十九歲，見了陌生人還像個小孩子一樣害羞，被逮捕後十分害怕，在公堂上不知如何辯解，只是不斷發抖，縣官看他這個樣子，以為他心虛，就對他施以重刑。他忍受不了痛苦，只好攬下罪名。鄂秋隼被解送到州衙，又像在縣衙一樣被嚴刑拷打。鄂秀才十分冤屈，每次都想和胭脂對質；但一見了面，胭脂就指著他痛罵不已，他張口結舌，不知該怎麼辯解，因此被判了死刑。就這樣經過幾個官員反覆審訊，都做出相同的判決。

後來，這個案子移交給濟南府複審。當時吳南岱擔任濟南太守，他一見鄂秀才，就懷疑他不像殺人犯，暗中派人私下盤問他，讓他說出眞相。吳太守更加確信鄂秀才是被冤枉的。他仔細地想了幾天，才開堂審問。吳太守先問胭脂說：「你和鄂秋隼訂下約定後，可有旁人知曉？」胭脂答：「沒有。」吳太守再問：「你見到鄂秀才時，還有別人在場嗎？」胭脂又答：

「沒有。」吳太守又傳喚鄂秀才上堂，好言勸慰他。鄂秀才說：「我曾有一次經過她家門口，見到以前的鄰居王氏和一個姑娘從裡面走出來，我急忙避開，並沒有說過一句話。」吳太守一聽就喝斥臙脂：「剛才你說旁邊沒有別人，怎麼又有一個隔壁的婦人在呢？」說完，就要對臙脂動刑。臙脂害怕，忙說：「雖然王氏也在，但與她無關。」吳太守立刻停止審訊，將王氏抓來。

幾天後，王氏就被拘到。吳太守不讓她和臙脂見面，防止兩人串供，立刻升堂提審，問王氏說：「誰是殺人凶手？」王氏答：「民婦不知。」吳太守騙她：「臙脂都已經招供了，殺死卞老頭的事，你都知情，還想隱瞞嗎？」王氏大喊：「冤枉啊！那小淫婦自己想男人想瘋了，我雖然說過要爲她做媒，但只不過是句戲言，她自己勾引姦夫進家門，我哪裡知道啊！」吳太守仔細盤問，王氏才把經過說了一遍。吳太守就將臙脂傳上堂來，大怒喝斥：「你說她不知情，如今她爲何招認替你做媒的事呢？」臙脂哭著說：「是我自己沒用，連累父親慘死，不知何時才能結案，再連累別人，實在於心不忍。」吳太守問王氏：「你這番戲言，還跟何人提起過？」王氏答：「沒有對旁人說過。」吳太守發怒道：「夫妻倆在床上，應該說無所不言的吧，怎麼能說沒有講過？」王氏說：「我丈夫出門在外，還沒回來。」吳太守說：「話雖如此，凡是捉弄別人的人，都會笑話別人愚蠢，以此來誇耀自己的聰明。你說沒對別人說過，分明是騙人的話！」下令對王氏用刑，要夾她的手指。王氏心中害怕，只好如實招供：「我曾跟宿介說過。」

吳太守於是將鄂秋隼釋放回去，派人拘捕宿介歸案。宿介拘到後，說：「確實不知道。」吳太守說：「夜晚與別人妻子偷情的絕非善類！」下令大刑伺候。宿介只好招認說：「我的確有去臙脂家，冒名頂替鄂秋隼調戲她，但自從繡花鞋弄丟後就不敢再去了，殺人的事的確不是我幹的。」吳太守生氣地喝斥他：「夜闖空門的人有什麼做不出來的！」又命人動刑。宿介受不了酷刑，只好承認是他殺的。吳太守將招供案卷，呈報上級衙門，沒有人不稱讚吳太守斷案如神。鐵案如山，宿介無法抵賴，只能等候秋後處斬。

宿介雖然生性放蕩，品行不端，卻是山東一帶有名的才子。他聽說學使施愚山以才德著稱，又能體恤讀書人，就寫了一份狀詞為自己申冤。施學使調來宿介的案宗，反覆思考此案，拍著桌子喊：「這個讀書人是被冤枉的！」他於是向巡撫、按察使請求，轉移此案子，重新審理。大堂上，他問宿介：「繡花鞋在何處丟失？」宿介答：「我不記得了。只記得在敲王氏家門時，還在身上。」施學使又轉身問王氏：「除了宿介，你還有別的姦夫嗎？」王氏說：「沒有。」施學使說：「淫蕩的女人，怎麼可能只有一個相好的呢？」王氏說：「我跟宿介自幼相識，所以沒有拒絕他；後來雖然有人想要調戲我，卻都被我拒絕了。」施學使問調戲的人都有誰，王氏說：「街坊毛大屢次來勾引我，我都拒絕了。」施學使說：「怎麼忽然就守婦道了？」下令拷問王氏。王氏嚇得連連磕頭，把頭都磕破了，再三辯解說再無他人，施學使才放過她，接著又問：「你丈夫出遠門，難道就沒有人藉口上門來嗎？」王氏說：「有的，某甲、某乙，都因爲借錢、送禮什麼的來過民婦家一、兩次。」原來這某甲、某乙都是街坊無賴，都想勾搭王氏。施學使把這些人的名字全記下來，將他們拘捕到案。

人犯都到齊了，施學使前往城隍廟，命他們跪在香案前，對他們說：「前幾天，我夢見城隍告訴我，殺人凶手就在你們這四、五個人當中。現在對著神明，總該說眞話了吧。如果肯自己招認，我自可從輕發落；若有半句虛言，被我查證屬實，絕不寬赦！」眾人齊聲說從沒殺過人。施學使命人將刑具放在地上，準備動刑，將人犯的頭髮紮起來，扒光他們的衣服。他們又齊聲喊冤枉。施學使命人先緩動刑，對他們說：「既然你們不想自己招供，只好讓神明來指認了。」他命人用毯子把大殿的窗戶蓋緊，不留一點縫隙。又讓那幾個凶嫌光著背，把他們趕到黑暗的屋子裡，再給他們一盆水，要他們各自盥洗，再用繩子把他們綁在牆下，命令他們：「各自面對牆壁不許亂動。若是殺人凶手，神靈就會在他的脊背上寫字。」過了一會兒，將他們逐一叫出來，挨個檢查，施學使指著毛大說：「凶手就是他！」

先前，施學使預先命人把石灰塗在牆上，又讓這些嫌疑犯用煙煤水洗手。眞凶懼怕神靈在身上寫字，把脊背貼著牆，沾上了白灰，臨出來前又用手遮住背部，染上了煙色。施學使本就懷疑殺人的是毛大，至此更加確信。於是對他用刑，毛大招認不諱。

最後，施學使的判詞寫道：

宿介：重蹈盆成括的覆轍，釀成登徒子好色的惡名。只因與王氏青梅竹馬，就有了私情；只因王氏洩露了一句話，就讓宿介起了得隴望蜀的淫心。像將仲子一樣夜晚翻牆入侵別人家中，像鳥一樣敏捷地悄然落地；冒充劉郎來到洞口尋仙，竟然哄騙臙脂把門打開。對臙脂粗暴肆無忌憚，有羞恥心的人怎會做出這樣的事？任意欺凌婦女，身爲讀書人卻品行不端！幸好聽到病中的臙脂婉轉陳述，還能憐香惜玉，像憐惜憔悴的細柳枝上的鳥兒一樣，不至於過分欺侮她。總算放了落在網中的小鳥，更流露出一點兒憐香惜玉的雅意，然而，搶去臙脂的繡花鞋作爲定情信物，這卻是無賴的行徑！宿介翻過牆頭，進了閨房，卻沒想到隔牆有耳被毛大聽見，那繡花鞋丟失後，再也找不到。假中之假因此產生，冤外之冤有誰相信？災禍從天而降，酷刑之下性命垂危，自己造下冤孽，逍遙法外，卻害別人險些冤死。這種偷奸耍滑的行爲，固然玷辱讀書人的門楣，但是替人承擔罪責，胸中冤氣難消。因此稍減刑罰，抵消他已承受的酷刑；姑且降他的等第，剝奪他參加今年科考的資格，給他一條悔過自新的生路。

毛大：刁蠻奸猾，遊手好閒，是一個市井中的無賴。挑逗王氏遭到拒絕，卻淫心不死。趁著宿介到王氏家偷情，忽然有了借名偷香的念頭，竟想私會臙脂，毛大也重蹈宿介的覆轍，妄想要韓掾偷香，不料魂魄被鬼神勾走了，乘興來到廣寒宮，想要私會嫦娥，卻走了錯路，沒有來到桃花源。情火被撲滅，慾海掀起了波瀾，卞老頭橫刀向前，肆無忌憚，毛大窮途末路，像被追急了的兔子反口咬人。翻牆闖入別人家中，只希望能張冠李戴冒名頂替，毛大奪過卞老頭的刀，慌忙之中留下繡花鞋，眞凶得以逍遙法外，而無辜的人反遭橫禍。風流路上才會有這樣的惡棍，溫柔鄉中怎會有這樣的鬼怪呢？立刻斬首，以慰亡者在天之靈。

臙脂：已到了適婚年齡，卻仍未婚配。宛如月宮中的仙女，自然應當有俊美的男子相匹配；本就是天上仙女下凡，還愁沒有富家公子來迎娶嗎？她想要追求心愛的男子，卻只是一場春夢；哀嘆青春漸逝，又有了愛慕的男子，於是成了離魂的倩女。只因這份感情的牽絆，使得群魔紛紛而至，競相爭奪美麗的容顏，惟恐失去「臙脂」；惹得鷙鳥紛飛，都假冒爲「秋隼」。繡花鞋被宿介強行脫去，難保自身的情操；鐵製的門檻接二連三被踏破，幾乎損毀白璧無瑕的貞節。把相思豆嵌進骰子，想不到竟惹來禍患；父親慘遭殺害，女兒成了禍水！雖然被人挑逗，還能堅守貞節，未被玷汙；在反覆審訊中苦苦掙扎，幸好結局圓滿可以遮掩一切。本府嘉獎她，雖愛慕鄂秀才卻未逾越禮法，是個自愛的好姑娘；願意成全她傾慕鄂秀才的心願，這也是一樁風流韻事。請讓本縣的縣令替你們做媒。

案子於是了結，鄰里爭相傳頌。但是，自從吳太守審訊後，臙脂才知鄂秀才是被冤枉的。偶而在公堂下遇到他，臙脂滿臉羞愧，兩眼含淚，想要好言勸慰他，卻又說不出口。鄂生感念她的深情，也暗自傾慕於她，可又覺得她出身寒微，每天都抛頭露面到公堂上對質，被眾人窺視、指點，擔心娶了她會被人恥笑，所以他三心二意，無法下定決心。判決書下達以後，鄂生的心才定了下來。縣令替他準備了聘禮，隆重地爲他們辦了喜事。

記下奇聞異事的作者如是說：「確是如此，審理案件須得謹慎！縱使能夠知道鄂秋隼是被冤枉，替人受過，誰又會想到宿介也是被冤枉的呢？但是，事情雖然昏暗難辨，仔細審查必有破綻，如果不是思慮細微，是難以發現。嗚呼！人們都佩服聰明而睿智的人判案神速，卻不知謹小愼微的人，爲了查明眞相而煞費苦心。那些在高位上的人，只知下棋打發時間，好逸惡勞貪睡而荒廢政務，事情的眞相，他們並不會放在心上。至於沉冤鼓響，衙門高坐的達官貴人們，對那些不斷訴訟爭辯的人，就直接屈打成招，有這樣斷案的官員，才會有冤案產生啊！

「施愚山大人是我的恩師。剛開始跟他學習的時候，我還是個學生。我常看他稱讚學生，總是說個不停，學生受了一丁點委屈，他都設法替他們解決，從來不肯對學生施加壓力，來討好權貴。他是個眞正奉守儒家正統思想的人，而不只是主持科考的官員，他從來不冤枉任何一個讀書人。他惜才如命，是那些只做表面功夫的學使們無法相提並論的。

「曾經有一位名士參加科舉考試，寫了一篇題爲『寶藏興焉』的文章，把『山間』兩個字誤寫成『水下』。等他抄錄完畢，這才看到了，認爲自己必定會被淘汰，在後面又提了一闕詞云：『寶藏在山間，誤認卻在水邊。山間蓋起水晶殿，瑚長鋒尖，珠結樹顛。這一回崖中跌死撐船漢！告蒼天：留點蒂兒，好與友朋看。』愚山先生看完，和了一首詞：『寶藏將山誇，忽然見在水涯，樵夫漫說漁翁話。題目雖差，文字卻佳，怎肯放在他人下。嘗見他，登高怕險；那曾見，會水淹殺？』由此可見愚山先生爲人風趣，也可看出他的愛才之心。」

阿纖

奚山者，高密[1]人。貿販為業，往往客蒙沂[2]之間。一日，途中阻雨，及至所常宿處，而夜已深，遍叩肆門。無有應者。徘徊廡[3]下。忽二扉豁開，一叟出，便納客入，山喜從之。縶蹇[4]登堂，堂上迄無几榻。叟曰：「我憐客無歸，故相容納。我實非賣食沽飲者。家中無多手指[5]，惟有老荊弱女，眠熟矣。雖有宿肴[6]，苦少烹鬵[7]，勿嫌冷啜也。」言已，便入。少頃，以足床來，置地上，促客坐；又入，攜一短足牀[8]至：拔來報往[9]，蹀躞[10]甚勞。山起坐不自安，曳令暫息。少間，一女郎出行酒。叟顧曰：「我家阿纖興[11]矣。」視之，年十六七，窈窕秀弱，風致嫣然。山有少弟未婚，竊屬意焉。因詢叟清貫尊閥[12]，答云：「士虛，姓古。子孫皆夭折，剩有此女。適不忍攪其酣睡，想老荊喚起矣。」問：「婿家阿誰？」答言：「未字。」山竊喜。既而品味雜陳，似所宿具。食已，致恭[13]而言曰：「萍水之人，遂蒙寵惠，沒齒所不敢忘。緣翁盛德，乃敢遽陳朴魯[14]：僕有幼弟三郎，十七歲矣。讀書肄業，頗不頑冥。欲求援繫[15]，不嫌寒賤否？」

叟喜曰：「老夫在此，亦是僑寓。倘得相託，便假一廬，移家而往，庶免懸念。」山都應之，遂起展謝。叟殷勤安置而去。雞既鳴，叟已出，呼客盥沐。束裝已，酬以飯金。固辭曰：「客留一飯，萬無受金之理；矧[16]附為婚姻乎？」既別，客月餘，乃返。去村里餘，遇老媼率一女郎，冠服盡素。既近，疑似阿纖。女郎亦頻轉顧，因把媼袂，附耳不知何辭。媼便停步，向山

曰：「君奚姓耶？」山唯唯。媼慘然曰：「不幸老翁壓於敗堵，今將上墓。家虛無人，請少待路側，行即還也。」遂入林去，移時始來。途已昏冥，遂與偕行。道其孤弱，不覺哀啼；山亦酸惻。媼曰：「此處人情大不平善，孤孀[17]難以過度。阿纖既為君家婦，過此恐遲時日，不如早夜[18]同歸。」山可之。

既至家，媼挑燈供客已，謂山曰：「意君將至，儲粟都已糶[19]去；尚存廿餘石，遠莫致[20]之。北去四五里，村中第一門，有談二泉者，是吾售主。君勿憚勞，先以尊乘運一囊去，叩門而告之，但道南村古姥有數石粟，糶作路用，煩驅蹄躈[21]一致之也。」即以囊粟付山。山策蹇去，叩戶，一碩腹男子出，告以故，傾囊先歸。俄有兩夫以五騾至。媼引山至粟所，乃在窖中。山下為操量執概[22]，母放女收，頃刻盈裝，付之以去。凡四返而粟始盡。既而以金授媼。媼留其一人二畜，治任遂東。行二十里，天始曙。至一市，市頭賃騎，談僕乃返。既歸，山以情告父母。相見甚喜，即以別第館媼，卜吉為三郎完婚。媼治匳妝[23]甚備。阿纖寡言少怒；或與語，但有微笑；晝夜績織無停晷[24]：以是上下悉憐悅之。囑三郎曰：「寄語大伯：再過西道，勿言吾母子也。」

居三四年，奚家益富，三郎入泮矣。一日，山宿古之舊鄰，偶及曩年無歸，投宿翁媼之事。主人曰：「客誤矣。東鄰為阿伯別第，三年前，居者輒睹怪異，故空廢甚久，有何翁媼相留？」山甚訝之，而未深言。主人又曰：「此宅向空十年，無敢入者。一日，第後牆傾，伯往視之，則石壓巨鼠如貓，尾在外猶搖。急歸，呼眾共往，則已渺矣。群疑是物為妖。後十餘日，復入試，寂無形聲；又年餘，始有居人。」山益奇之。歸家私語，竊疑新婦非人，陰為三郎慮；而三郎篤愛如常。久之，家中人紛相猜議。女微察之，夜中語三郎曰：「妾從君數載，未嘗少失婦德；今置之不以人齒[25]。請賜離婚書，聽君自擇良耦。」因泣下。三郎曰：「區區寸心，宜所夙知。自卿入門，家日益豐，咸以福澤歸卿，烏得有異言？」女曰：「君無二心，妾豈不知；但眾口紛紜，恐不免秋扇之捐[26]。」三郎再四慰解，乃已。山終不釋，日求善撲之貓，以覘[27]其意。女雖不懼，然蹙蹙不快。一夕，謂媼小恙，辭三郎省侍之。天明，三郎往訊，則室已空。駭極，使人於四途蹤跡之，並無消息。中心營營，寢食都廢。而父兄皆以為幸，交慰藉之，將為續婚；而三郎殊不懌[28]。俟又年餘，音問已絕；父兄輒相誚責，不得已，以重金買妾，然思阿纖不衰。

又數年，奚家日漸貧，由是咸憶阿纖。有叔弟嵐以故至膠[29]，迂道宿表戚陸生家。夜聞鄰哭甚哀，未遑詰問。既返，復聞之，因問主人。答云：「數年前，有寡母孤女，僦居[30]於是。月前姥死，女獨處，無一線之親，是以哀耳。」問：「何姓？」曰：「姓古。嘗閉戶不與里社[31]通，故未悉其家世。」◆嵐驚曰：「是吾嫂也！」因往款扉。有人揮涕出，隔扉應曰：「客何人？我家故無男子。」嵐隙窺而遙審之，果嫂。便曰：「嫂啟關，我是叔家阿遂。」女聞之，拔關納入，訴其孤苦，意悽慘悲懷。嵐曰：「三兄憶念頗苦。夫妻即有乖迕[32]，何遂遠遁至此？」即欲賃輿同歸。女愴然曰：「我以人不齒數故，遂與母偕隱；今又返而依人，誰不加白眼[33]？如欲復還，當與大兄分炊；不然，行乳藥[34]求死耳！」

嵐既歸，以告三郎。三郎星夜馳去。夫妻相見，各有涕洟。次日，告其屋主。屋主謝監生，窺女美，陰欲圖致為妾，數年不取其值；頻風示媼，媼絕之。媼死，竊幸可媒，而三郎忽至。通計房租以留難之。三郎家故不豐，聞金多，頗有憂色。女言：「不妨。」引三郎視倉儲，約粟三十餘石，償租有餘。三郎喜，以告謝。謝不受粟，故索金。女歎曰：「此皆妾身之惡幛[35]也！」遂以其情告三郎。三郎怒，將訴於邑。陸氏止之，為散粟於里黨，斂資償謝，以車送兩人歸。三郎實告父母，與兄析居。阿纖出私金，日建倉廩，而家中尚無儋石[36]，共奇之。年餘驗視，則倉中盈矣。不數年，家大富；而山苦貧。女移翁姑自養之；輒以金粟周兄，狃[37]以為常。三郎喜曰：「聊可云不念舊惡矣。」女曰：「彼自愛弟耳。且非渠[38]，妾何緣識三郎哉？」後亦無甚怪異。

◆**但明倫評點：**雖晝伏夜動，性本畏人；而不為鼫之晉，不為墉之穿，彼首鼠兩端者，何能仰望。

雖然白天躲藏，夜晚才出來活動，老鼠生性原本就害怕人；然而不像鼫鼠那樣會危害莊稼，也不會穿牆打洞，那些瞻前顧後的人，如何能與之相提並論。

1 高密：古代縣名，今山東省高密市。
2 蒙沂：指蒙陰、沂水，均為古代縣名。蒙陰，今山東省蒙陰縣。沂水，今山東省沂水縣。
3 廡：讀作「午」，此指屋簷。
4 縶蹇：拴縶驢子。縶，讀作「執」，捆綁、綁縛。
5 手指：借指人口。
6 宿肴：隔夜的飯菜。
7 鬵：讀作「前」，大釜，古代一種烹煮食物的器具。此指將食物加熱。
8 短足牀：矮凳。
9 拔來報往：快速往返。後來借指往來頻繁。
10 蹀躞：讀作「蝶謝」，小步行走的樣子。
11 興：起床。

12 清貫尊閥：籍貫和門第，即家世。清、尊，都是敬辭。
13 致恭：致敬，致謝。
14 朴魯：冒昧的請託或建議。朴，讀作「樸」，通「樸」，敦厚樸實之意。
15 援繫：求親的自謙之詞。
16 矧：讀作「審」，何況。
17 孤孀：孤兒寡婦。
18 早夜：今夜。
19 糶：讀作「跳」，賣出穀物。
20 致：送達。
21 蹄躈：古時計算四足牲口的單位，四隻蹄、一張嘴，總數合為五即是一頭牲口。躈，讀作「俏」，馬的肛門，用以計算馬匹數量。

22 操量執概：用斗斛量米。量，指斗、斛之類計算容積的器具。概，一種器具，量米時用以刮平溢出的米糧。

23 匳妝：女子的嫁妝。匳，讀作「連」，同今「奩」字，是奩的異體字，指女子陪嫁品。

24 晷：讀作「軌」，日影，借指時間。

25 不以人齒：不把他視作同類。齒，並列之意。

26 秋扇之捐：典故出自班婕妤《怨歌行》：「常恐秋節至，涼風奪炎熱，棄捐篋笥中，恩情中道絕。」扇子一到秋天就沒有用處，被人棄之不用。比喻女子年老色衰，被人冷落拋棄。

27 覘：讀作「沾」，觀看、察視。

28 不懌：快快不樂。懌，讀作「亦」，喜悅。此可解作釋懷。

29 膠：膠州，今山東省膠州市。

30 僦居：租房子。僦，讀作「舊」。

31 里社：鄰里，此指住在鄰里間的居民。

32 乖迕：鬧彆扭，意見不合。

33 白眼：表示鄙視厭惡的態度。

34 乳藥：服下毒藥。

35 惡幛：佛教語，即業障。幛，同「障」。

36 儋石：讀作「丹淡」，借指少量的米糧。

37 狃：讀作「紐」，習慣、安於。

38 渠：他，第三人稱。

白話翻譯

奚山是高密人，以經商爲生，經常在蒙陰、沂水一帶往返。有一天，半路上下起雨而被耽擱行程，等他到平時經常投宿的客棧時，天色已晚，他尋遍所有客棧，也沒有人願意讓他進去投宿，他只好在屋簷下徘徊。忽然，一戶人家的門打開，走出一個老翁請他進去。奚山很高興地跟他走，他把驢子拴好，走進屋內，卻沒有家具，老翁說：「我可憐你無處可去，所以才邀請你進來。我不是開客棧營生的，家中人口單薄，只有拙荊與小女，她們都睡著了。家裡還有一些剩飯剩菜，但也無法加熱，你若不嫌棄就吃冷食吧。」說完便入內。不久，他拿出一張小

凳子，放在地上，請他坐下。又進去拿出一張矮桌來，如此頻繁地進進出出，顯得甚是勞累。奚山站起來坐立難安，拉著老翁讓他先坐下歇息。不久，一位女子走出來斟酒。老翁看著她說：「我家阿纖起床了。」奚山看看阿纖，年約十六、七歲，窈窕娟秀，身姿嬌弱，頗有風韻。奚山有個小弟尚未婚配，想要替弟弟求娶媳婦，心中屬意阿纖，就向老翁打聽他的籍貫、家世。老翁回答：「我姓古，名喚士虛。子孫都早夭，只剩這個女兒。剛才不忍擾她清夢，想必是我的妻子叫她起床。」奚山問：「她的丈夫是誰？」老翁答道：「尚待字閨中。」奚山暗自竊喜。又不久，各種菜肴都端了出來，像是早就準備好的。用餐完畢，奚山恭敬地說：「萍水相逢，承蒙老人家熱情款待，半夜收留我，這番恩德沒齒難忘。也因您的大恩大德，我才敢冒昧提出一個不情之請。我有小弟三郎，今年十七歲，目前還在讀書，性情聰慧。我想跟您攀個親，您會不會嫌棄我家太寒酸呢？」

老翁高興地說：「老夫在此，也是借住。假如這門親事能談成，就請你借我一間房子，我搬到你家去住，免得我們想念女兒。」奚山都答應下來，起身拜謝，老翁殷勤地替他鋪好床才離開。雞啼的時候，老翁已經起床出來，叫奚山起來盥洗。奚山收拾好行裝，要給老翁飯錢。老翁堅決推辭：「只不過留客人吃了一頓飯，絕沒有收錢的道理，何況我們還是親家呢。」告別之後，奚山又在外地待了一個多月才返家。走到離村子一里多的地方時，他遇到一位老婦人帶著一個女子，兩人都穿素衣素帽。走近一看，那女子像是阿纖，阿纖也頻頻回顧，拉著老婦

阿纖

故劍飄零思不禁重來應為感恩深分居
不惜分金粟猶詠區區愛弟心

阿纖

人的袖子，在她耳畔說了些話。老婦人就停下腳步，向奚山說：「公子姓奚嗎？」奚山點頭。老婦人悲傷地說：「我家老伴不幸被倒塌的牆壓死了，我們正要去墳前祭拜。家中空虛無人，請您在路旁稍待，我們很快就回來。」說罷走入林中，過了一段時間才出來，天色已經昏暗，奚山就與她們同行。說起家中只剩下孤兒寡母，不覺潸然淚下，奚山聞言也感到心酸。老婦人說：「這地方的人很不友善，孤兒寡母難以度日。阿纖既然已經許配給你家，錯過這次恐怕又要耽擱不少時日，不如現在就跟您回去吧。」奚山點頭應允。

到家以後，老婦人點燈招待客人，對奚山說：「我們想您也快要到了，家中的糧食已賣掉大半，還剩下二十石，路遠不方便送達。從這裡往北四、五里，村裡第一間屋子，住著一個叫談二泉的人，是向我們買糧食的人。望您不辭辛勞，先用您的座騎運送一袋前去，敲門轉告他，只說南村古老太太有幾石糧食，想賣了做盤纏，請他派牲口來搬運。」就將一袋糧食交給奚山。奚山騎著驢子前去，敲門後，一個大肚子的男人走出來。奚山向他言明情況，把糧食倒出來就先回去了。沒多久，便有兩個僕人帶著五頭騾子前來，老婦人領著奚山來到存放糧食的地方，是在一個地窖裡。奚山進入地窖，用斗秤量糧食，又用概刮平，再搬給老婦人倒進阿纖拿的袋子裡裝好，糧食頃刻就分裝完畢，交給僕人運走。就這樣往返了四次，才把糧食搬運完。搬完後談家僕人把錢交給老婦人，老婦人留下一個僕人和兩頭騾子，收拾好行李就朝東方前行。走了二十里路，天才開始亮。他們到了一個市集，在那裡僱了一坐騎，談家的僕人這才返回。回家後，奚山把事情經過稟告父母。父母見了也很喜歡阿纖，安排老婦人住在別院，挑個良辰吉日為三郎舉辦婚禮。老婦人替女兒準備的嫁妝很完備，阿纖性情寡言也很少發怒，有人和她說話，她只是但笑不語。她日夜織布，幾乎從不休息，家中上下都很憐愛她。阿纖叮囑三郎：「請你轉告大伯：下次再經過西邊時，不要提及我們母女。」

過了三、四年，奚家日漸富有，三郎也考中秀才。一天，奚山投宿在先前古翁家隔壁的客棧，偶然提及當年沒地方借宿，投宿到古家的事情。店主人說：「你弄錯了吧！東鄰是我伯父家的別墅，三年前，居民看到怪異的事情，所以這宅院荒廢很久，哪有什麼老翁老婦留你過夜？」奚山很驚訝，然而並未深信。主人又說：「這座宅院空著十年了，沒有人敢進去。一天，宅院的後牆倒塌，我家大伯前往察看，見到石頭底下壓著一隻像貓那麼大的老鼠，尾巴還在外面搖晃。大伯急忙回去，叫上人一起前往，那隻大老鼠已經不見蹤影。大家都覺得那隻老鼠定是妖怪。十幾天後，又進入察看，四周寂靜無聲；又過了幾年，才有人居住。」奚山更加感到怪異，回家後，私下和家人提及此事，暗地裡懷疑新娘子不是凡人，替三郎憂慮起來。然而三郎與阿纖恩愛如同往常，時間長了，家中人紛紛互相猜疑議論，阿纖也有所覺察，晚上對三郎說：「我嫁給你數年，從未做出有失婦德的事情，現在別人不屑與我為伍，不如請你寫一封休書給我，任憑你另擇佳偶。」她說完流下淚來。三郎說：「我的心意，你早就知情。自從你入門，家中日漸富裕，這都是沾了你的福氣，哪裡還敢有怨言？」阿纖說：「夫君有沒有變心，我豈會不知？然眾口紛紜，恐怕我也免不了被拋棄的下場。」三郎再三勸慰，阿纖才不再提此事。奚山始終難以釋懷，每天都去找會捉老鼠的貓，來看看阿纖的反應。阿纖雖然不害怕，卻愁眉不展。一晚，阿纖託言母親身染微恙，向三郎辭別到別院侍奉母親。天亮後，三郎前往問候，卻已人去樓空，他很是震驚，派人四處尋找阿纖母女的下落，卻打探不到任何消息。他的心中徬徨不安，廢寢忘食，然而奚家的父親和兄長都覺得這是件好事，輪流安慰三郎，謀劃要爲三郎再娶。三郎拒絕另擇佳偶，等了一年多，阿纖音訊全無，父親和兄長經常責備三郎，他不得已，花費重金買了一個妾室，卻仍是思念阿纖。

又過了幾年，奚家家道中落，眾人這才開始念及阿纖的好處。三郎有堂弟奚嵐，有事到膠州去，途中繞道去表親陸生家。夜晚，奚嵐聽見鄰居家有人哭得很淒涼，還沒有來得及詢問，等他從膠州回來時，又聽見哭聲，就向主人問起此事。主人家說：「幾年前，有對母女在這裡租房子住下。一個月前老婦人過世，只剩一個女兒，她無親無故，所以悲傷。」奚嵐問：「這女子姓什麼？」主人答：「姓古。她經常關門閉戶，不與鄰里往來，所以不知道她的家世。」奚嵐驚訝地說：「她就是我的嫂子呀！」於是便去敲門，一人拭淚出來，隔著門問：「你是什麼人？我家裡一向沒有男人，不便出來見客。」奚嵐從門縫窺視，遠遠望了一眼，果然是嫂嫂，就說：「嫂嫂開門，我是叔叔家的阿遂。」阿纖聽了，拉開門閂，請他進來，向他訴說自己孤苦的景況，神情很是悲傷。奚嵐說：「三哥也很思念嫂嫂。夫妻之間即使鬧彆扭，又何至於跑到這麼遙遠的地方躲起來呢？」就想要租輛車子接她一同回去。阿纖悲傷地說：「我因爲別人不屑與我爲伍，這才與母親隱居在此；現在又回去寄人籬下，更遭他人的白眼？如果要回去，就得和兄長分居，否則，我寧願服毒自殺。」

奚嵐回家後，把這件事告訴三郎，三郎連夜趕去。夫妻相見，各自流淚。第二天，阿纖告知屋主不再租房，屋主謝監生卻早就覬覦阿纖的美貌，暗中想要納她爲妾，租她房子數年都不收房租，頻頻向老婦人表示心意，都被拒絕了。老婦人過世，謝監生心中竊喜，這件事有希望辦成，可是三郎忽然來了，他便故意刁難阿纖，要她繳清這些年的房租。三郎家中也不寬裕，聽說房租很貴，面有難色。阿纖說：「沒關係。」帶著三郎去看儲存的糧食，大約有三十多石，償還房租綽綽有餘。三郎很高興，就去告訴謝監生，謝監生不接受糧食，只要銀子。阿纖嘆氣道：「這都是我自己所造的惡業啊！」她把內情告訴三郎，三郎大怒，想要去縣衙控告謝監生。陸生把他攔下，把村糧分給鄉里的鄉親們，大家再湊錢給謝監生償還租金，派車送夫妻二人回家。三郎把實情告訴父母，就與兄長分家。阿纖拿出私房錢，日夜趕工建造糧倉，家中明明沒有存糧，大家都覺得很奇怪。一年多後再去檢視，倉庫中竟然糧食滿盈，不出幾年，三郎家中更加富有，奚山卻過著貧苦的生活。阿纖將公婆接到自己家裡奉養，不時拿錢糧接濟兄長，習以爲常。三郎高興地說：「你眞說得上是『不念舊惡』的人啊！」阿纖說：「他也是出自於愛護弟弟。況且要沒有他，我哪有機會能與三郎你相識呢？」後來也不再有怪異的事情發生了。

仇大娘

仇仲，晉人，忘其郡邑[1]。值大亂，為寇俘去。二子福、祿俱幼；繼室邵氏，撫雙孤，遺業能溫飽。而歲[2]屢祲[3]，豪強者復凌藉[4]之，遂至食息[5]不保。仲叔尚廉利其嫁，屢勸駕[6]，而邵氏矢志不搖。廉陰券[7]於大姓，欲強奪之；關說已成，而他人不之知也。里人魏名夙狡獪，與仲家積不相能[8]，事事思中傷之。因邵寡，偽造浮言以相敗辱。大姓聞之，惡其不德而止。

久之，廉之陰謀與外之飛語[9]，邵漸聞之，冤結胸懷，朝夕隕涕[10]，四體漸以不仁[11]，委身床榻。福甫十六歲，因縫紉無人，遂急為畢姻。婦，姜秀才屺[12]瞻之女，頗稱賢能，百事賴以經紀。由此用漸裕，乃使祿從師讀。魏忌嫉之，而陽與善，頻招福飲，福倚為腹心交。魏乘間告曰：「尊堂病廢，不能理家人生產；弟坐食，一無所操作：賢夫婦何為作牛馬哉！且弟買婦，將大耗金錢。為君計，不如早析[13]，則貧在弟而富在君也。」福歸，謀諸婦；婦咄之。奈魏日以微言[14]相漸漬[15]，福惑焉，直以己意告母。母怒，詬罵之。福益恚，輒視金粟為他人之物也者而委棄之。魏乘機誘與博賭，倉粟漸空，婦知而未敢言。既至糧絕，被母駭問，始以實告。母憤怒而無如何，遂析之。幸姜女賢，旦夕為母執炊，奉事一如平日。

福既析，益無顧忌，大肆淫賭。數月間，田產悉償戲債，而母與妻皆不及知。福貲既罄，無所為計，因券妻代貲，而苦無受者。邑人趙閻羅，原漏網之巨盜，武斷一鄉[16]，固不畏福言之食

也，慨然假貲。福持去，數日復空。意踟躕，將背券盟。趙橫目[17]相加。福大懼，賺妻付之。魏聞竊喜，急奔告姜，實將傾敗仇也。姜怒，訟興。福懼甚，亡去。姜女至趙家，始知為婿所賣，大哭，但欲覓死。趙初慰諭之，不聽；既而威逼之，益罵；大怒，鞭撻之，終不肯服。因拔笄自刺其喉，急救，已透食管，血溢出。趙急以帛束其項，猶冀從容而挫折[18]焉。明日，拘牒已至，趙行行[19]殊不置意。官驗女傷重，命笞之，隸相顧無敢用刑。官久聞其橫暴，至此益信，大怒，喚家人出，立斃之。姜遂舁[20]女歸。自姜之訟也，邵氏始知福不肖狀，一號幾絕，冥然大漸[21]。祿時年十五，煢煢[22]無以自主。

先是，仲有前室[23]女大娘，嫁於遠郡，性剛猛，每歸寧，餽贈不滿其志，輒迕父母，往往以憤去，仲以是怒惡之：又因道遠，遂數載不一存問[24]。邵氏垂危，魏欲使招之來而啟其爭。適有貿販者，與大娘同里，便託寄語大娘，且歆[25]以家之可圖。數日，大娘果與少子至。入門，見幼弟侍病母，景象慘澹，不覺愴惻。因問弟福，祿備告之。大娘聞之，忿氣塞吭[26]，曰：「家無成人，遂任人蹂躪至此！吾家田產，諸賊何得賺去！」因入廚下，爇火炊糜[27]，先供母，而後呼弟及子共啖之。啖已，忿出，詣邑投狀，訟諸博徒。眾懼，斂金賂大娘。大娘受其金而仍訟之。邑令拘甲、乙等，各加杖責，田產殊置不問。大娘憤不已，率子赴郡。郡守最惡博者。大娘力陳孤苦，及諸惡局騙之狀，情詞慷慨。守為之動，判令邑宰追田給主；仍懲仇福，以儆不肖。既歸，邑宰奉令敲比[28]，於是故產盡反。大娘時已久寡，乃遣少子歸，且囑從兄務業，勿得復來。

大娘由此止母家，養母教弟，內外有條。母大慰，病漸瘥[29]，家務悉委大娘。里中豪強，少見

陵暴，輒握刃登門，侃侃[30]爭論，罔不屈服。居年餘，田產日增。時市藥餌珍肴，餽遺姜女。又見祿漸長成，頻囑媒為之覓姻。魏告人曰：「仇家產業，悉屬大娘，恐將來不可復返矣。」人咸信之，故無肯與論婚者。有范公子子文，家中名園，為晉第一。園中名花夾路，直通內室。或不知而誤入之，值公子私宴，怒執為盜，杖幾死。會清明，祿自塾中歸，魏引與遊遨，遂至園所。魏故與園丁有舊，放令入，周歷亭榭[31]。俄至一處，溪水洶湧，有畫橋朱檻，通一漆門；遙望門內，繁花如錦，蓋即公子內齋也。魏紿[32]之曰：「君請先入，我適欲私[33]焉。」祿信之，尋橋入戶，至一院落，聞女子笑聲。方停步間，一婢出，窺見之，旋踵即返。祿始駭奔。無何，公子出，叱家人綰索[34]逐之。祿大窘，自投溪中。

公子反怒為笑，命諸僕引出。見其容裳都雅，便令易其衣履，曳入一亭，詰其姓氏。藹容溫語[35]，意甚親暱。俄趨入內；旋出，笑握祿手，過橋，漸達曩所。祿不解其意，逡巡不敢入。公子強曳入之，見花籬內隱隱有美人窺伺。既坐，則群婢行酒。祿辭曰：「童子無知，誤踐閨闥[36]，得蒙赦宥，已出非望。但願釋令早歸，受恩非淺。」公子不聽。俄頃，肴炙紛紜。祿又起，辭以醉飽，公子捺坐，笑曰：「僕有一樂拍[37]名，若能對之，即放君行。」祿唯唯請教。公子云：「拍名『渾不似』[38]。」祿默思良久，對曰：「銀成『沒奈何』[39]。」公子大笑曰：「真石崇也！」祿殊不解。蓋公子有女名蕙娘，美而知書，日擇良耦。夜夢一人告之曰：「石崇[40]，汝婿也。」問：「何在？」曰：「明日落水矣。」早告父母，共以為異。祿適符夢兆，故邀入內舍，使夫人女輩共覘[41]之也。公子聞對而喜，乃曰：「拍名乃小女所擬，屢思而無其偶，今得屬對[42]，亦有天緣。

僕欲以息女[43]奉箕帚[44]；寒舍不乏第宅，更無煩親迎耳。」祿惶然遜謝，且以母病不能入贅為辭。公子姑令歸謀，遂遣圉人[45]負溼衣，送之以馬。既歸告母，母驚為不詳。於是始知魏氏險；然因凶得吉，亦置不仇，但戒子遠絕而已。

逾數日，公子又使人致意母，母終不敢應。大娘應之，即倩雙媒納采[46]焉。未幾，祿贅入公子家。年餘游泮[47]，才名籍甚[48]。妻弟長成，敬少弛；祿怒，攜婦而歸。母已杖而能行。頻歲賴大娘經紀，第宅亦頗完好。新婦既歸，婢僕如雲，宛然有大家風焉。魏又見絕，嫉妒益深，恨無瑕之可蹈[49]，乃引旗下逃人[50]誣祿寄貲。國初立法最嚴，祿依令徙口外[51]。范公子上下賄託，僅以蕙娘免行；田產盡沒入官。幸大娘執析產書，銳身[52]告理[53]，新增良沃若干頃，悉罣福名，母女始得安居。祿自分不返，遂書離婚字付岳家，伶仃自去。行數日，至都北，飯於旅肆。有丐子怔營[54]戶外，貌絕類兄；近致訊詰，果兄。祿因自述，兄弟悲慘。祿解複衣，分數金，囑令歸。福泣受而別。

祿至關外，寄將軍帳下為奴。因祿文弱，俾[55]主支籍[56]，與諸僕同棲止。僕輩研問家世，祿悉告之。內一人驚曰：「是吾兒也！」蓋仇仲初為寇家牧馬，後寇投誠，賣仲旗下，時從主屯關外。向祿緬述，始知真為父子，抱首悲哀，一室為之酸辛。已而憤曰：「何物逃東[57]，遂詐吾兒！」因泣告將軍。將軍即命祿攝書記[58]；函致親王，付仲詣都。仲伺車駕[59]出，先投冤狀[60]。親王為之婉轉，遂得昭雪，命地方官贖業歸仇。仲返，父子各喜。祿細問家口，為贖身計。乃知仲入旗下，兩易配而無所出，時方鰥[61]也。祿遂治任返。

初，福別弟歸，蒲伏[62]自投。大娘奉母坐堂上，操杖問之：「汝願受扑責，便可姑留；不然，汝田產既盡，亦無汝啖[63]飯之所，請仍去。」福涕泣伏地，願受笞。大娘投杖曰：「賣婦之人，亦不足懲。但宿案未消，再犯首官[64]可耳。」即使人往告姜，姜女罵曰：「我是仇氏何人，而相告耶！」大娘頻述告福而揶揄之，福慚愧不敢出氣。居半年，大娘雖給奉周備，而役同廝養[65]。福操作無怨詞，託以金錢輒不苟。大娘察其無他，乃白母，求姜女復歸。母意其不可復挽。大娘曰：「不然。渠如肯事二主，楚毒[66]豈肯自罹？要不能不有此忿耳。」遂率弟躬往負荊[67]。岳父母誚讓[68]良切。大娘叱使長跪，然後請見姜女。請之再四，堅避不出；大娘搜捉以出。女乃指福唾罵，福慚汗無地自容。姜母始曳令起。大娘請問歸期。女曰：「向受姊惠綦[69]多，今承尊命，豈復有異言？但恐不能保其不再賣也！且恩義已絕，更何顏與黑心無賴子共生活哉？請別營一室，妾往奉事老母，較勝披削[70]足矣。」大娘代白其悔，為翼日之約而別。

次朝，以乘輿取歸，母逆於門而跪拜之。女伏地大哭。大娘勸止，置酒為歡，命福坐案側，乃執爵而言曰：「我苦爭者，非自利也。今弟悔過，貞婦復還，請以簿籍[71]交納；我以一身來，仍以一身去耳。」夫婦皆興席[72]改容，羅拜哀泣，大娘乃止。居無何，昭雪之命下，不數日，田宅悉還故主。魏大駭，不知其故，自恨無術可以復施。適西鄰有回祿[73]之變，魏託救焚而往，暗以編管[74]爇祿第，風又暴作，延燒幾盡；止餘福居兩三屋，舉家依聚其中。未幾祿至，相見悲喜。初，范公子得離書，持商蕙娘。蕙娘痛哭，碎而投諸地。父從其志，不復強。祿歸，聞其未嫁，喜如岳所。公子知其災，欲留之；祿不可，遂辭而退。

大娘幸有藏金，出葺[75]敗堵。福負鍤[76]營築，掘見窖鏹[77]，夜與弟共發之，石池盈丈，滿中皆不動尊[78]也。由是鳩工大作，樓舍群起，壯麗擬於世胄[79]。祿感將軍義，備千金往贖父。福請行，因遣健僕輔之以去。祿乃迎蕙娘歸。未幾，父兄同歸，一門歡騰。大娘自居母家，禁子省視，恐人議其私也。父既歸，堅辭欲去。兄弟不忍。父乃析產而三之：子得二，女得一也。大娘固辭。兄弟皆泣曰：「吾等非姊，烏有今日！」大娘乃安之。遣人招子，移家共居焉。或問大娘：「異母兄弟，何遂關切如此？」大娘曰：「知有母而不知有父者，惟禽獸如此耳，豈以人而效之？」福、祿聞之皆流涕。使工人治其第，皆與己等。

魏自計十餘年，禍之而益福之，深自愧悔。又仰其富，思交歡之，因以賀仲階進[80]，備物而往。福欲卻之；仲不忍拂，受雞酒焉。雞以布縷縛足，逸入灶；灶火燃布，往棲積薪，僮婢見之而未顧也。俄而薪焚災舍[81]，一家惶駭。幸手指眾多，一時撲滅，而廚中百物俱空矣。兄弟皆謂其物不祥。後值父壽，魏復餽牽羊[82]。卻之不得，繫羊庭樹。夜有僮被僕毆，忿趨樹下，解羊索自經死。兄弟嘆曰：「其福之不如其禍之也！」自是魏雖殷勤，竟不敢受其寸縷，寧厚酬之而已。後魏老，貧而作丐，每周以布粟而德報之。

異史氏曰：「噫嘻！造物之殊不由人也！益仇之而益福之，彼機詐者無謂甚矣。顧受其愛敬，而反以得禍，不更奇哉？此可知盜泉[83]之水，一掬亦污也。」

◆**何守奇評點**：隴西行云：「健婦持門戶，亦勝一丈夫。」讀仇大娘事，信然。

漢朝的樂府詩中，古辭《隴西行》說：「健壯精幹，有男子氣概的女子操持家務，也勝過鬚眉男子。」讀仇大娘的故事，正好驗證這句話。

1邵邑：籍貫。
2歲：耕種農作物所得的收成。
3祲：讀作「今」，種植的穀物收成不好。
4淩藉：欺壓，欺侮。藉，讀作「及」，在此亦通「籍」。
5食息：猶言吃飯。每頓飯之間有休息、間隔，引申為日用所需。
6勸駕：勸人出來做事或擔任某職務。
7陰券：暗地裡訂下契約。此指簽署強迫婚嫁的契約。
8積不相能：長期無法和諧相處。
9飛語：流言蜚語。
10隕涕：落淚。
11四體漸以不仁：四肢逐漸罹患麻痺症。
12屺：讀作「起」，草木不生的山。
13析：分家。
14微言：暗中慫恿。
15漸漬：影響、浸潤。
16武斷一鄉：藉著權勢在鄉里作威作福。出自《史記・平準書》：「或至兼併豪黨之徒，以武斷於鄉曲。」
17橫目：怒目，凶惡的樣子。
18挫折：挫其銳氣，動搖心志。
19行行：兩字讀作「航」的四聲，剛強的樣子。
20舁：讀作「魚」，抬、扛舉。
21大漸：病情危急。
22煢煢：讀作「窮窮」孤獨無依。
23前室：前妻。
24存問：問候、慰問。
25歆：讀作「新」，引誘。

26吭：作名詞用時讀作「杭」，指咽喉、喉嚨。
27爇火炊糜：燒火煮粥。爇，燒也，讀作「若」或「熱」。
28敲比：杖擊威逼。指限期完成「追田給主」。比，追比，古代官員嚴格限制人民必須在限定的期限內繳交租稅，若超過期限就要受杖責。
29瘥：讀作「拆」的四聲，病癒。
30侃侃：理直氣壯，從容不迫的樣子。
31周歷亭榭：周遊園林。
32紿：讀作「帶」，欺瞞、誆騙。
33私：小便。
34綰索：繩子盤繞在手臂上。綰，讀作「晚」，繫、盤繞。
35藹容溫語：臉色和藹，言語溫和。
36閨闥：指閨房。闥，讀作「踏」。
37拍：即上文的「樂拍」，本指樂曲，此指樂器。
38渾不似：一種形似琵琶的彈撥樂器。四條弦，又名「火不思」等名。
39銀成「沒奈何」：相傳宋朝張俊家裡有很多白銀，他將每千兩鑄成一個圓球，稱為「沒奈何」；因為這種銀塊十分巨大，無法將它搬走盜竊，盜賊也拿它沒辦法。
40石崇：字季倫，晉代南皮人，以劫掠客商致財無數，後世代指富豪。
41覘：讀作「沾」，觀看、察視。
42屬對：撰寫成兩句聯綴的對偶句子。
43息女：親生的女兒。
44箕箒：讀作「機肘」，做家務。此指出嫁。箒，「帚」的異體字。

45 圉人：本指負責養馬的官員，後來指稱馬伕或養馬的人。圉，讀作「與」。
46 納采：古代婚嫁六禮中的第一禮。男方遣派媒人攜帶一定禮物，向女方家正式求婚。
47 游泮：通過州縣考試錄取為生員，意即考中秀才。泮，讀作「判」，古代學宮內有泮池（半月形的水池），故稱學宮為「泮宮」，童生入縣學為生員，即稱「入泮」。
48 籍甚：聲名大噪之意。
49 無瑕之可蹈：指找不到錯處做為羅織罪狀的藉口。
50 旗下逃人：指被清兵抓去作為奴隸卻逃跑的人。旗下，編入旗籍的人。旗，指八旗，滿清戶口的編制，以正黃、正白、正紅、正藍、鑲黃、鑲白、鑲紅、鑲藍八種來區別，分為滿洲八旗、蒙古八旗和漢軍八旗三類，後來發展成軍籍制度。
51 口外：中國長城以外的北部地區。口，指長城的關隘。
52 銳身：挺身而出。
53 告理：根據證據、事實來打官司。
54 怔營：惶恐驚懼的樣子。
55 俾：讀作「必」，使，使之。
56 主支籍：猶言管理帳目。支，計算。
57 逃東：清兵未入關前稱為「東師」，被清兵捉走作為奴隸的人稱為「東人」。「逃東」就是從清兵手裡逃走的奴隸。
58 攝書記：代理文職人員。攝，代理。書記，古代稱掌管書牘記錄的人。
59 車駕：原指帝王出巡時乘坐的馬車，此處代指親王。
60 冤狀：為了申訴冤屈而用以打官司的呈文。

61 鰥：讀作「關」，妻子過世或年老無妻的男子。
62 蒲伏：同「匍匐」，手足抵地爬行。
63 噉：同今「啖」字，是「啖」的異體字。
64 首官：向官府出面檢舉或自陳罪狀。
65 廝養：僕人。
66 楚毒：痛苦。
67 負荊：主動請罪。典出《史記．廉頗藺相如列傳》，趙惠王在位時，獲得一塊和氏璧，秦昭襄王要求用十五座城池來交換。趙王派藺相如帶著和氏璧出使秦國，他見秦王並無償城的誠意，設法將和氏璧帶回趙國。後來藺相如封為上卿，卻被廉頗輕視，藺相如諸多忍讓，廉頗感到慚愧，遂負荊請罪，兩人成為知交。
68 誚讓：譴責、指責。誚，讀作「俏」。
69 綦：讀作「其」，極、甚之意。
70 披削：披緇（讀作「資」，黑衣）削髮，指出家當尼姑。佛教戒律規定，女子出家為尼姑，必須身披僧衣，剃去頭髮。
71 簿籍：指記錄家產的帳簿。
72 興席：離席，站起。
73 回祿：火神，引申為火災。
74 編管：蓋房子用的茅草蓬蓋。管，讀作「尖」。
75 葺：讀作「企」，修建。
76 鍤：讀作「查」，即鐵鍬，挖土用的工具。
77 窖鏹：地窖裡的銀兩。鏹，讀作「搶」，古代串銅錢的繩索，泛指錢幣。
78 不動尊：指白銀，因為收藏不用，就像佛像端坐不動，故稱之。

79 擬於世胄：類比為世家。
80 階進：層層接近，進入。
81 災舍：火燒房舍。
82 饋牽羊：此指送羊祝壽，又暗喻服輸悔過之意。事見《左傳・宣公十二年》：「鄭伯肉袒牽羊以逆，曰：『孤不天，不能事君，使君懷怒，以及敝邑，孤之罪也。』」
83 盜泉：古泉名，今山東省泗水縣東北。相傳是因曾有一眾強盜占用過這處泉水而得名。

白話翻譯

仇仲，山西人，忘記他的籍貫，亂世時被強盜擄去。他的兩個兒子仇福、仇祿，年紀尚幼，由他的續絃妻子邵氏撫養。留下一點家產勉強還能維持生計，但總是遇到飢荒，莊稼歉收的年歲裡，村中惡霸經常欺侮他們母子，逐漸也無法維持三餐了。

仇仲有個叔叔名叫仇尚廉，他希望邵氏改嫁，經常來勸她，但邵氏堅持守節不肯改嫁。仇尚廉暗中把她賣給了一個富翁，想強娶她過門，雙方已經暗中達成協議。同村有個叫魏名的人，一向很狡滑，他和仇家長期不和，總想找機會中傷仇家。因爲邵氏守寡，他便到處造謠，說邵氏不守婦道，這話傳到了想要娶邵氏的富翁耳裡，嫌棄起邵氏品行不端，打消了這個主意。

時間一長，邵氏得知仇尚廉的陰謀和外面的謠言，心中很是委屈，整天以淚洗面；逐漸傷心過度，罹患病痛，四肢不能動彈，只能躺在床上。那時仇福只有十六歲，邵氏一病倒，家裡連能縫補的人都沒有了，趕快給他娶了門妻子，兒媳婦是秀才姜屺瞻的女兒，賢淑能幹，家裡大小事務都靠她打理；她也很會管帳，家裡逐漸富裕，能供給仇祿上學堂讀書。

魏名看到仇家逐漸興旺，心裡很不是滋味，表面上和他們家時常往來，卻經常請仇福去喝酒，仇福更把他當作知己。魏名私下對仇福說：「你母親臥病在床，無法持家；你弟弟遊手好閒，也不工作，你們夫妻二人何苦為他們做牛做馬！而且你弟弟將來若是娶妻，要花很多錢；我看你不如早點分家，將來你弟弟就算窮困潦倒，也不會拖累你。」仇福就回去和妻子商量，妻子責備他幾句，魏名仍整天挑唆他，仇福早被他迷了心竅，直接向母親提出分家的要求。母親很生氣，痛斥他一頓，仇福因此懷恨在心，從此開始花天酒地。魏名趁機引誘他賭博，家中的錢都快被他賭光了，兒媳婦仍不敢吭氣；直到沒米煮飯，母親過問，兒媳不得已才實話實說。母親氣得無可奈何，和他們分家了。幸虧兒媳婦賢慧，每天煮飯給婆婆吃，和往常一樣侍奉她。

仇福分家後，更加肆無忌憚，盡情嫖賭；幾個月之內，田產全部用盡，卻瞞著母親和妻子。仇福窮得身無分文，走投無路之下，就想把妻子賣了，只愁找不到買主。縣裡有個綽號叫趙閻羅的，本來是衙門通緝的大強盜，在鄉間強橫霸道，作威作福，他故作大方借錢給仇福。仇福有了錢，又繼續吃喝嫖賭，沒幾天又花光了。他不想還債，趙閻羅就對他怒目相向，仇福心中害怕，把妻子騙到他家抵債。魏名聽到消息心裡很高興，連忙通知姜秀才，樂得看仇家倒楣。姜秀才得到消息後勃然大怒，一狀告到縣衙，仇福很害怕，連夜逃走。姜氏到了趙家，才知道被丈夫賣掉，又哭又鬧，吵著自殺。趙閻羅起初好言相勸，姜氏不聽；趙閻羅脅迫她，姜氏就破口大罵；趙閻羅惱羞成怒，把她毒打一頓；姜氏仍不屈服，拔出頭上的髮釵，刺入自己咽喉；趙閻羅連忙喚人搶救，髮釵刺穿了喉嚨，血流不止。趙閻羅用布把她的脖子包紮好，想慢慢馴服她。

第二天，縣官派人拘捕趙閻羅，他不肯招認。縣官替姜氏驗傷，命人對趙閻羅用刑；那些官差面面相覷，誰也不敢動手。縣官早聽說趙閻羅在鄉里作威作福，看到這種情形，更相信那些傳言，憤怒地叫來自己的家丁，當場把趙閻羅打死。姜秀才就抬著女兒回家去了。直到姜家到官府告狀，邵氏才知道大兒子的卑鄙行爲，一聲慘叫，幾乎斷氣，從此昏昏沉沉，不省人事。仇祿那時才十五歲，孤身一人守著母親過日子，無計可施。

仇仲前妻有個女兒，叫大娘，嫁到外縣。她的性格很強悍，每次回娘家，只要送的禮物不合她心意，就和父母爭吵，往往都是氣呼呼地掉頭就走。仇仲在家時就已經很討厭她，加上路途遙遠，好幾年都沒往來。邵氏病危之時，魏名想把仇大娘叫來，讓她去爭吵；剛好有一個商販住在仇大娘附近，就託他帶口信給仇大娘，暗示她可以爭奪家產。

幾天後，大娘果然帶了一個孩子來了。一進門，看見小弟照顧臥病在床的母親，十分淒涼，她心裡很悲傷，問起仇福在哪裡，仇祿便將事情始末都告訴她。她一聽，氣得臉紅脖子粗，說：「家裡沒有大人主持，就被人欺負成這個樣子！我們家的田產，怎麼能被這些強盜騙走！」她到廚房裡煮了一鍋稀飯，先盛給母親吃，又叫弟弟和兒子一起來吃。吃完以後，氣憤地出門，到衙門控告那些詐財的賭徒。賭徒們聽聞此事，都感到害怕，湊些錢來賄賂大娘，大娘收下錢，但仍繼續控告。縣官把賭徒們抓到衙門用刑，田產的事情卻沒有過問。大娘不肯罷休，帶著兒子到府裡去控告。當地的知府最痛恨賭博，大娘言語誠懇地說明了娘家的苦處，以及賭徒們詐騙的情形，講得慷慨激昂。知府被她一番說詞給打動，就命縣官把田地判還給仇家；但仍要處罰仇福，警戒他不務正業。大娘從府城裡回來，縣官便接到知府命令，催著賭徒們限期歸還，於是舊有的田產全部追討回來。大娘的丈夫早已過世，她就把小兒子打發回家，叫他跟著哥哥學習做事，不要再來。

從此大娘自己住在娘家，服侍繼母，教育兄弟，把家事打理得井井有條。母親很是欣慰，病情也逐漸好轉，家務都交給大娘掌管；村裡的惡霸只要稍微欺侮仇家，大娘就提刀上門找他們算帳，與他們爭論一番，一點也不肯屈服。過了一年多，家產比以前更多了，大娘時常買些補品和點心帶到姜家，送給姜氏。眼見仇祿逐漸長大，她開始到處託人替他上門提親。魏名又在外面造謠：「仇家的產業都是大娘的，恐怕將來不還給仇家兄弟了。」人們都相信此事，誰也不肯將女兒嫁給仇祿。當地有位范公子，名叫范子文，家裡有一座花園，是山西數一數二的名園。種滿各種奇花異草，從門口一路直通到內院。有人不清楚狀況，闖了進去，正好碰上范公子和朋友聚會，被誤認是小偷，將他痛打一頓，奄奄一息。等到清明節那天，仇祿從學校回來，魏名就帶他去逛花園，兩人來到花園門口，魏名和園丁素來認識，就放他們進去，四處欣賞亭臺樓閣。不久來到一處，那裡有一條洶湧的溪流，有一座朱紅欄杆的小橋，像是一幅畫；過了小橋，有一扇紅色的門，門裡花繁錦簇，正是范公子的內院書齋。魏名騙仇祿說：「你先進去，我去上茅廁，一會兒就來。」仇祿沿著足跡過橋進門，到了院裡，聽到有婦女的嬉笑聲，正想要停步，一個婢女出來看見他，掉頭就走，仇祿這才驚慌失措，趕緊往回跑，卻被范公子瞧見，換來僕人要拿繩子將他綑綁。仇祿情急之下就跳進了溪裡。

范公子原本很氣憤，見仇祿跳溪心情又變得大好，叫僕人把他撈上來。見他容貌穿著像個文人，命他把濕衣服、濕鞋子換下，拉他走進一個亭子中，問他的姓名，神態溫和親切。不久，公子抽身進去，又出來笑著拉仇祿的手走過橋去，慢慢走到剛才去過的那座院子。仇祿不明所以，猶豫不敢上前，被公子一把拉了進去，只見籬笆後面隱約有一個貌美女子在窺視。坐定後，來了一群婢女紛紛擺上酒菜。仇祿推辭說：「我年輕不懂事，誤闖貴府內院，承蒙您原諒我，已經很高興了，只希望讓我早點回去，那就當眞是感恩不盡。」公子不理會他。片刻，各式酒菜接連送上來，仇祿又站起身來推辭說他已經酒醉飯飽了，想要告辭離去；公子按著他的肩坐下，笑道：「我有一個樂拍的名字，你若能對出對子，我就放你走。」仇祿請他出上聯，公子說：「拍名渾不似。」仇祿思索半天，對了個：「銀成沒奈何。」公子聽了，大笑道：「眞是石崇來了。」弄得仇祿莫名其妙。

原來公子有一個女兒，名叫蕙娘，美貌且聰慧，正在尋找良緣。前夜夢見一個人告訴她：「你的丈夫是石崇。」蕙娘問：「他在哪裡？」那人說：「明天掉到水裡的那個便是。」她醒來後把夢兆告訴父親，一家人都覺得很奇怪。仇祿剛跳下水，正好符合夢裡的徵兆；公子這才把他請進內院，讓妻子和女兒窺視。

當時公子聽了仇祿的對子，又與石崇有關，顯得更加高興，說：「這個樂拍的名字，是我女兒想出來的，老是想不出對子，現在你既然能對出來，必定與我女兒有宿緣，我想把她許配給你；我家房產不少，不必迎親娶回去，你搬來我家住就好了。」仇祿感到惶恐，他謙虛地推辭，並說母親臥病在床，不能前來入贅。公子讓他先回去與家人商量，叫來馬夫替他拿著濕衣服，備馬送他回家。仇祿回到家中，將此事與母親說了，邵氏很驚訝，認爲此事不妥；同時，也知道魏名此人用心歹毒，沒想到壞事變成喜事，也就不記恨他。只吩咐兒子以後與魏名保持距離。

幾天後，公子又派人來向邵氏提親，邵氏不敢允諾，大娘做主答應，當下請媒人下聘。不久，仇祿就入贅到范家，過了一年多，他考中秀才，名聲逐漸傳揚開來。蕙娘的弟弟長大後，一家人對仇祿稍微冷淡；仇祿一氣之下就帶妻子回家來住。那時邵氏的病情已經好轉，拄著拐杖能走路了；幾年來靠著大娘苦心經營，房屋也修建得美輪美奐；新媳婦回夫家，又帶來一大批婢女和僕人，門戶興旺得如同大戶人家。

魏名見仇家不與他來往，心裡更加妒忌，苦無陷害他們的機會。於是引誘逃亡被抓的士兵，謊稱仇祿窩藏他們；當時清朝開國不久，國法森嚴，仇祿被判到關外充軍，范公子打通關節，以重金賄賂官府，蕙娘才能不跟著去。仇祿的田產被判全數充公，幸虧仇大娘拿著以前兩兄弟分家的文書，挺身控訴，把新買上好田產都掛在仇福的名下，母女兩人才能安居如常。仇祿心想這一去永無回鄉之日，寫下休書給岳父，一個人獨自上路了。走了幾天，他來到北京，在一家客棧裡用餐，看見一個乞丐站在門口，模樣很像他的哥哥，上前一問，果然是仇福。仇祿就把家裡的事情和自己的遭遇告訴哥哥，兄弟兩人都很悲傷，仇祿脫下衣服，分了幾兩銀子給哥哥，叫他趕緊回家，仇福流著眼淚走了。

仇祿到了關外，在一個將軍麾下當個小兵，將軍因他認識字，會寫文章，身體又文弱，派他管理帳務，和將軍家中的僕人同住。僕人們問起他的身世，仇祿照實說了，其中一人驚訝地說：「啊！你是我的兒子！」原來仇仲被強盜抓去後，就替強盜養馬；後來強盜投降朝廷，他被賣做奴僕，跟著將軍到關外駐防。他向仇祿說明經過，才知他們是父子，兩人抱頭痛哭，屋子裡的人都替他們感到難過。仇仲又氣憤地說：「是那個逃兵，把我兒子害得這樣慘！」說著向將軍哭訴。將軍立刻叫仇祿寫下訴狀，要仇仲帶著上京城，遞交給親王。仇仲趁著王爺出巡，遞上了冤屈訴狀，王爺答應替他設法洗清冤屈，並叫地方官把仇家充公的產業還給原主。仇仲回去將軍府，父子都很高興，仇祿詢問起父親近況，準備替父親贖身，才知父親投到將軍麾下後，結了兩次親但都沒有生兒育女，當時正是孤家寡人。仇祿打探清楚後，就此啓程回鄉。

仇福自從與仇祿分別後就返回家，跪在母親面前低頭認錯。大娘扶著母親坐在大堂上，拿著棍子問道：「你若願意挨打，就暫時准你留下；否則，你的田產早已被你敗光了，這裡沒有飯給你吃，你還是走吧！」仇福跪在地上懺悔認錯，表示願意挨打，大娘把棍子往旁邊一扔，說：「連老婆都能賣的人，懶得費力打你！反正你的案底至今還在，你若再犯，把你送縣城法辦。」大娘又叫人把仇福回來的消息告訴姜家，姜氏罵道：「我與仇家何干！告訴我做什麼？」大娘把姜氏的話轉述給仇福；仇福慚愧得不敢吭氣，回家住了半年，大娘在衣食上照顧周到，卻要求他像僕人一樣做事。他認眞工作，不敢有半句怨言，大娘要他處理出納事宜，他都謹慎小心，不敢出錯，大娘看他眞心改過，就與母親商量，去把姜氏接回來。邵氏認爲她不會再回來了，大娘說：「這話說得不對，她若肯再嫁，又怎會自盡，何必自討苦吃？她以前說的是氣話，她怎麼能不生氣！」於是大娘帶著弟弟到岳父家去賠罪，岳父和岳母痛斥女婿一番，大娘命弟弟跪下認錯，然後請姜氏出來相見。派人三催四請，姜氏始終不肯出來；大娘親自進去，硬把她拖了出來，姜氏一見到仇福，吐了他一口唾沫，指著他的頭怒罵，仇福慚愧萬分，滿身冷汗，恨不得找一個地洞鑽進去，最後還是岳母把女婿扶起來。大娘就問弟媳婦何時回家去，姜氏說：「姊姊一向照顧我，既然姊姊親自來請，我又能說什麼呢？但你們無法保證不會再把我賣掉！況且，我們兩人也無感情，還有什麼臉面與負心漢一起生活？請姊姊另外給我準備一個房間，我去侍奉婆婆，也算比出家好一點吧。」大娘盡力替弟弟說情，說他已經悔過，並且約了隔天去接她。

第二天，仇家派輛車去把姜氏接了回來，母親親自出來迎接，跪在地上求兒媳原諒，姜氏也跪下大哭，大娘在一旁相勸，兩人才止住哭泣。命人準備酒菜慶祝，叫仇福坐在桌邊，她舉起杯子說：「我這幾年苦心經營，非是為了自己，如今弟弟已然悔過，賢慧的弟媳婦也回來了，我也了了樁心事，家裡的財產帳目都交還你們，我也該回夫家去了！」仇福夫婦聽了，都站了起來，跪在她面前悲傷哭泣，大娘才打消回夫家的念頭。

不久，仇祿的罪名撤銷了，幾天後，田產也一併發還。魏名大吃一驚，不明就裡，只恨無法再陷害仇家。有一天，正好仇家西邊鄰舍發生火災，魏名假裝前來幫忙救火，卻暗中在仇祿的房子上放火，忽然一陣狂風刮來，把仇家的房子幾乎焚燒殆盡，只餘仇福住的兩三間房子，一家人只好擠在一起住。過了段時間，仇祿回家了，一家人團聚，悲喜交加。先前他離家時，范公子得到仇祿的休書，就去與蕙娘商量，蕙娘痛哭流涕，把休書給撕了，范公子也由著她。仇祿回來後，打聽到蕙娘沒有改嫁，歡天喜地來到岳父家，范公子知道他家失火，想留他住下，但仇祿不肯。

幸好大娘這些年來存了些積蓄，就拿來修建失火的房子。仇福拿著鏟子修建房舍，竟挖出埋藏的銀子；兄弟二人晚上去挖出來用，下面是一丈多大的石室，銀子堆得滿滿的。就蓋起高大的樓房，比皇親國戚的宅第還要富麗堂皇。仇祿感念關外將軍的義氣，帶了一千兩銀子去把父親贖回，仇福也想要去，便帶了兩個壯健精幹的僕人，陪他一同前往。仇祿也把蕙娘接回家；不久後，父親和哥哥一起回來。一家幸福快樂地生活在一起。

仇大娘自從回了娘家，就不准兒子來探望，免得別人家說閒話。父親回來以後，更是下定決心要回夫家。兄弟倆不肯答應，父親就把家產分成三份，兄弟和姊姊各得一份。大娘再三推辭，兄弟都流著淚說：「若非姊姊，哪有今天的好日子。」大娘才勉強接受。於是派人把兒子接來，全家都搬來一起住。有人問大娘：「同父異母的兄弟，爲什麼這麼關心呢？」大娘回答：「只有禽獸才只知有母親，不知道有父親；作爲一個人，怎麼可以不顧念親情？」兩個弟弟聽到後都抱頭痛哭，將大娘家的房舍，蓋得跟自己家一樣美輪美奐。

魏名想著，這十多年來，不斷陷害仇家，結果每次仇家不但化險爲夷，而且好運連連。心中覺得羞慚悔恨，眼看仇家比以前更富裕了，就想與他們打好關係，於是以慶祝仇仲回家爲名目，帶了一些禮物去探望他。仇福想要拒絕，仇仲卻叫兒子收下他的雞和酒。那隻雞的腳用布條綁著，牠忽然掙脫跑到廚房，爐灶邊的火星把雞腳上的布條給點燃，雞又飛上柴堆去，家中

的僕人看到卻並未在意。不消片刻柴草燃燒起來，房子也失火，一家人驚慌失措，幸虧人手眾多，很快就把火撲滅。然而廚房裡的東西全燒光了，仇福和仇祿兩兄弟因此認爲，魏名不僅心懷不軌，就連送來的禮物都害人不淺！

後來仇仲慶生，魏名又送了一隻羊過來；仇仲無法推辭只好收下，他把羊拴在院子裡的樹下。那一夜，有一個小廝，被僕人打了一頓，一時氣憤不過，到樹下用拴羊的繩子上吊自盡。仇家弟兄都嘆氣道：「魏名這個人，他給你的好處，還不如他禍害你的多！」從此，魏名雖然經常來拜訪，但他們再也不收他的禮物，寧可多送點東西給他。後來，魏名老年窮得到處乞討，仇家還是經常送他些糧食、衣服，對他很是照顧。

記下奇聞異事的作者如是說：「不同人就是不同命啊！越是想陷害別人，就越是給人帶來好運，魏名心懷不軌卻枉費心機。接受他的好處，卻反而招致災禍，豈非更駭人聽聞？由此可見，來自盜泉的水，就算只有一點也是髒的！」

仇大孃
母家已落
甍重興阿
父生還喜
更增析與
田園辭不
受大娘豈
但擅才能

曹操冢

許城[1]外有河[2]水洶湧，近崖深黯。盛夏時，有人入浴，忽然若被刀斧，尸斷浮出；後一人亦如之。轉相驚怪。邑宰聞之，遣多人閘斷上流，竭其水。見崖下有深洞，中置轉輪，輪上排利刃如霜。去輪攻入，有小碑，字皆漢篆。細視之，則曹孟德[3]墓也◆。破棺散骨，所殉金寶，盡取之。

異史氏曰：「後賢詩[4]云：『盡掘七十二疑冢[5]，必有一冢葬君屍。』寧知竟在七十二冢之外乎？奸哉瞞也！然千餘年而朽骨不保，變詐亦復何益？嗚呼，瞞之智，正瞞之愚耳！」

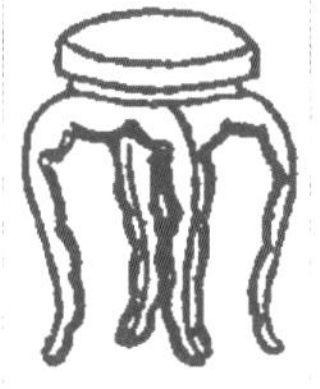

◆**馮鎮巒評點：**曹賊名瞞，到底瞞不過人。

曹操小字阿瞞，到底無法欺瞞世人。

1許城：許州，亦稱許京。今河南省許昌縣。

2河：石梁河。

3曹孟德：即曹操，字孟德，小字阿瞞，東漢沛國譙（今安徽省亳縣）人。生於東漢永壽元年（西元一五五），卒於東漢建安二十五年（西元二二○）。曹操在世時官至丞相，爵至魏王，是三國時期稱霸一方的梟雄，為人權變狡詐，文學上頗有造詣。他擊退黃巾，討伐董卓，逐漸剷除當時的梟雄勢力。後卒於洛陽，其子曹丕稱帝後，追謚武帝，廟號太祖。

4後賢詩：指南宋俞應符所作〈曹公疑冢〉：「生前欺天絕漢統，死後欺人設疑冢。人生用智死即休，何有餘機到丘壟？人言疑冢我不疑，我有一法君未知：直須盡發疑冢七十二，必有一冢藏君屍。」

5疑冢：假的墳墓，讓盜墓者分辨不出真正的墓地所在。

曹操
冢
藏身誰說九
州寬直欲欺
心到蓋棺疑
冢空傳七十
二阿瞞今日
不能瞞

白話翻譯

許州城外有條河，水勢洶湧湍急，靠近山崖邊的水流特別黑暗深沉。盛夏時，有人在河裡沐浴，突然像被刀斧斬斷一樣，身體被砍成兩半浮到水面上，後來又有一人下水，也遭遇到同樣事情。這件事經由眾人爭相傳訟，都覺十分驚奇怪異。縣令聽說此事，派人截斷水的上流，河水乾枯見底，山崖下因此露出一個深洞，裡面竟放有一座轉輪，輪子上有一排白色鋒利的刀刃。拆掉轉輪進入洞中一探，有一個小碑，碑上文字都是漢朝篆書。仔細看，原來是曹操的墓。眾人打破棺材，損毀屍骨，殉葬的金銀珠寶都被拿走了。

記下奇聞異事的作者如是說：「後世有人曾經寫了一首詩：『盡掘七十二疑冢，必有一冢葬君屍。』哪裡想到眞正的曹操墓竟然在七十二冢之外呢？眞是老奸巨猾呀！即便是如此，千餘年仍舊屍骨不保，奸詐狡猾又有什麼用呢？嗚呼，曹瞞雖然足智多謀，卻也正是他愚蠢之處啊！」

龍飛相公

安慶[1]戴生，少薄行[2]，無檢幅[3]。一日，自他醉歸，途中遇故表兄季生。醉後昏眊[4]，亦忘其死，問：「向在何所？」季曰：「僕已異物[5]，君忘之耶？」戴始恍然，而醉亦不懼。問：「冥間何作？」答云：「近在轉輪王[6]殿下司錄。」戴曰：「人世禍福，當必知之？」季曰：「此僕職也，烏得不知？但過煩，非甚關切，不能盡記耳。三日前偶稽冊，尚睹君名。」戴急問其何詞，季曰：「不敢相欺，尊名在黑暗獄中。」戴大懼，酒亦醒，苦求拯拔。季曰：「此非所能效力，惟善可以已之。然君惡籍盈指[7]，非大善不可復挽。窮秀才有何大力？即日行一善，非年餘不能相準[8]，今已晚矣。但從此砥行[9]，則地獄中或有出時。」戴聞之泣下，伏地哀懇；及仰首，而季已杳矣。悒悒[10]而歸。由此洗心改行，不敢差跌[11]。

先是，戴私其鄰婦，鄰人聞知而不肯發，思掩執[12]之。而戴自改行，永與婦絕；鄰人伺之不得，以為恨。一日，遇於田間，陽與語，紿窺眢井[13]，因而墮之。井深數丈，計必死。而戴中夜甦，坐井中大號，殊無知者。鄰人恐其復生，過宿往聽之；聞其聲，急投石。戴移閉洞中，不敢復作聲。鄰人知其不死，斸[14]土填井，幾滿之。

洞中冥黑，真與地獄無少異者。空洞無所得食，計無生理。蒲伏[15]漸入，則三步外皆水，無所復之，還坐故處。初覺腹餒[16]，久竟忘之。因思重泉[17]下無善可行，惟長宣佛號[18]而已。既見燐火浮游，熒熒滿洞，因而祝之：「聞青燐悉為冤鬼。我雖暫生，固亦難返，如可共話，亦慰寂寞。」但見諸燐漸浮水來，燐中皆有一人，高約人身之半。詰所自來。答云：「此古煤井。主人攻煤，震動古墓，被龍飛相公決地海之水，溺死四十三人。我等皆其鬼也。」問：「相公何人？」曰：「不知也。但相公文學士，今為城隍幕客。彼亦憐我等無辜，三五日輒一施水粥◆。要我輩冷水浸骨，超拔[19]無日。君倘再履人世，祈撈殘骨葬一義冢，則惠及泉下者多矣。」戴曰：「如有萬分之一，此即何難。但深在九地，安望重睹天日乎！」

因教諸鬼使念佛，捻塊代珠，記其藏[20]數。不知時之昏曉。倦則眠，醒則坐而已。忽見深處有籠燈，眾喜曰：「龍飛相公施食矣！」邀戴同往。戴慮水沮[21]，眾強扶曳以行，飄若履虛[22]。曲折半里許，至一處，眾釋令自行。步益上，如升數仞[23]之階。階盡，睹房廊，堂上燒明燭一枝，大如臂。戴久不見火光，喜極趨上。上坐一叟，儒服儒巾。戴輟步不敢前。叟已睹見，訝問：「生人何來？」戴上，伏地自陳。叟曰：「我耳孫[24]也。」因令起，賜之坐。自言：「戴潛，字龍飛。曩因不肖孫堂，連結匪類，近墓作井，使老夫不安於夜室，故以海水沒之。今其後續如何矣？」

蓋戴近宗凡五支，堂居長。初，邑中大姓[25]賂堂，攻煤於其祖塋[26]之側。諸弟畏其強，莫敢爭。無何，地水暴至，採煤人盡死井中。諸死者家，群興大訟，堂及大姓皆以此貧。堂子孫至無立錐[27]。戴乃堂弟裔也。曾聞先人傳其事，因告翁。翁曰：「此等不肖，其後烏得昌！汝既來此，當毋廢讀。」因餉以酒饌，遂置卷案頭，皆成、弘制藝[28]，迫使研讀。又命題課文，如師教徒。堂上燭常明，不翦亦不滅。倦時輒眠，莫辨晨夕。翁時出，則以一僮給役。歷時覺有數年之久，然幸無苦。但無別書可讀，惟制藝百首，首四千餘遍矣。

翁一日謂曰：「子孽報已滿，合還人世。余家鄰煤洞，陰風刺骨，得志後，當遷我於東原。」戴敬諾。翁乃喚集群鬼，仍送至舊坐處。群鬼羅拜再囑。戴亦不知何計可出。先是，家中失戴，搜訪既窮，母告官，繫縲多人[29]，並少蹤緒。積三四年，官離任，緝察亦弛。戴妻不安於室，遣嫁去。會里中人復治舊井，入洞見戴，撫之未死。大駭，報諸其家。舁[30]歸經日，始能言其底裡[31]。自戴入井，鄰人毆殺其婦，為婦翁所訟，駁審年餘，僅存皮骨而歸。聞戴復生，大懼，亡去。宗人議究治之，戴不許，且謂：「曩時實所自取，此冥中之譴，於彼何與焉？」鄰人察其意無他，始逡巡而歸。

井水既涸，戴買人入洞拾骨，俾[32]各為具[33]，市棺設地，葬叢冢焉。又稽宗譜名潛，字龍飛，先設品物，祭諸其冢。學使聞其異，又賞其文，是科以優等入闈[34]，遂捷於鄉。既歸，營兆[35]東原，遷龍飛厚葬之；春秋上墓，歲歲不衰。

異史氏曰：「余鄉有攻煤者，洞沒於水，十餘人沉溺其中。竭水求尸，兩月餘始得涸，而十餘人並無死者。蓋水大至時，共泅高處，得不溺。縋[36]而上之，見風始絕，一晝夜乃漸甦。始知人在地下，如蛇鳥之蟄，急切未能死也。然未有至數年者。苟非至善，三年地獄中，烏復有生人哉！」

◆**何守奇評點**：溺溺而復憐之，何也？

龍飛相公氣憤那些人開採煤礦擾他安寧，於是引來洪水將他們淹死，之後又可憐他們孤魂野鬼無處可依，這又是為什麼呢？

1安慶：古代府名，今安徽省安慶市。

2薄行：品行不端正。

3無檢幅：不檢點。

4昏眊：此處形容神智不清貌。眊，讀作「茂」，眼睛看不清楚的樣子。

5異物：死亡的人。

6轉輪王：佛家語，源自梵語意譯，又譯「轉輪聖帝」、「轉輪聖王」、「輪王」等。轉輪王具有三十二相，即位時，由天道感應得輪寶，降伏四方，故稱為轉輪王。

7惡籍盈指：猶言惡貫滿盈。惡籍，記錄所做壞事的簿子。指，指尺，古代單位名，古代以中指的中節當作一寸，十寸為尺。

8準：通「准」。抵銷。

9砥行：磨礪德行，修養品德。砥，磨刀石，此指磨礪，作動詞。

10悒悒：鬱鬱寡歡之意。悒，讀作「亦」。

11差跌：失足跌倒，比喻失誤。

12掩執：捉姦在床。

13眢井：乾枯的井，廢棄的井。眢，讀作「冤」。

14劚：讀作「主」，挖掘。

15蒲伏：同「匍匐」，手足抵地爬行。

16餒：飢餓。

17重泉：地下，黃泉幽冥，人死後所居之地，同九泉、黃泉。重，讀作「蟲」。

18佛號：諸佛名號。佛，此指阿彌陀佛，佛教淨土宗稱其為西方極樂世界的教主，認為可透過念誦佛號往生西方淨土。

19超拔：猶言超渡。此指解脫苦難。

20藏：佛道經典的統稱。此指佛經。

21水沮：水深阻礙前行。沮，阻礙。

22飄若履虛：飄浮起來彷彿在空中行走。

23仞：讀作「刃」，古代計算長度的單位。

24耳孫：遠孫，亦稱「仍孫」。

25大姓：豪門望族。

26祖塋：祖墳。塋，讀作「營」，墳墓。

27無立錐：即貧無立錐之地，比喻非常貧窮。

28成、弘制藝：指明代成化、弘治年間的八股文。成，即成化，明憲宗朱見深年號（西元一四六五～一四八七年）。弘，即弘治，明孝宗朱佑樘年號（西元一四八八～一五〇五年）。制藝，八股文的別名。

29繫縲多人：牽連入獄的人數眾多。縲，讀作「雷」，拘執、綑綁。

30舁：讀作「魚」，抬、扛舉。

31底裡：詳細的事情原委。

32俾：讀作「必」，使，使之。

33具：完整，完備。

34是科以優等入闈：謂這年科考以優等參加鄉試。科，科舉考試。明清科舉制度，秀才參加科考，成績共分六等，列為一、二等，才有參加鄉試的資格。闈，指秋闈，即鄉試。

35營兆：建造墳墓。兆，墳墓。

36縋：讀作「墜」，以繩索懸綁物體使之下墜。

白話翻譯

戴生是安慶人，年輕時行爲放蕩，不知檢點。一天，他喝醉酒，在回家途中遇到了已經故去的表兄季生。戴生醉得兩眼昏花，忘了季生已經死了，問：「你這陣子都在哪裡？」季生說：「我已經是鬼了，你難道忘記了嗎？」戴生這才恍然大悟，但因喝醉酒也不感到害怕，問：「你在陰間做什麼事呢？」季生答：「最近在轉輪王殿的衙署裡掌管文書。」戴生說：「人世間的禍福，你想必都知道了。」季生說：「這是我的職責，怎麼會不知道？但是資料繁多，不是與我有關的，無法全部記得。三天前我偶然稽查簿籍，還看見你的名字。」戴生急忙問上面寫了什麼。季生說：「我不敢騙你，你的名字已經列入黑暗地獄中了。」戴生很害怕，酒也醒了，苦苦哀求季生救他。季生說：「這非在我的能力範圍內，只有積福行善才可以消除。但你已經惡貫滿盈，沒有大的善行無法挽回。一個窮秀才能有多大能力呢？即便是日行一善，沒有一年多的時間也無法抵償你所犯的罪孽，這時已經太遲了。但你若從現在洗心革面，即使進了地獄，可能也還有出來的一天。」戴生聽了，淚流滿面，趴在地上哀求季生。等他抬起頭來，季生已經不見蹤影。戴生悶悶不樂地回家，從此洗心革面，不敢再做壞事。

先前，戴生和鄰居的婦人私通，鄰居知道這件事後沒有聲張，想找個機會當場把戴生逮住。自從戴生改過自新，就與那婦人斷絕往來，鄰居找不到機會抓他而懷恨在心。有一天，戴

生和鄰居在田地上相遇，假裝與他說話，騙他去看一口枯井，趁機把他推下去。井深數丈，鄰居心想戴生絕對不可能生還，他卻在半夜醒了過來，坐在井中大聲嚎哭，然而無人聽見。鄰居怕戴生又活了過來，隔了一晚前去察看動靜，聽到他的哭聲，急忙把石頭朝井下扔去。戴生躲到井底洞窟中，不敢再出聲。鄰居知道他還未死，乾脆挖土填井，幾乎把井都填滿了。

洞中一片黑暗，真是和地獄沒有區別，空無一物，連吃的東西都沒有，戴生想自己是活不成了，於是匍匐前行，三步以外卻都是水，沒辦法過去，就又回到原處。起初他覺得腹中饑餓，時間長了竟然忘記了。他心想，在這地底下也沒有善事可做，只能不斷地念誦佛號。不久，見到磷火飄浮，洞中螢光閃爍，他便祈禱：「聽說磷火都是冤鬼所化，我雖然暫時還活著，但也無法回家，如果可以和鬼魂說話，也能排解寂寞。」只見磷火從水面漂浮過來，每一團磷火中都有一個人，身高只有正常人的一半。戴生問起他們來自何處，磷火答：「這是古時候的煤井，當年主人挖煤時，震動古墓，被龍飛相公引來地海的水，淹死了四十三人，我們都是那時候死掉的鬼。」戴生問：「龍飛相公是誰？」磷火答：「不知道。只知相公是個讀書人，現在是城隍的幕僚。他也可憐我們無辜慘死，每隔三五天就施捨一次粥水。重點是，我們被冷水浸泡骸骨，解脫無期。您如果能再回到人間，請撈出我們的屍骨，合葬在一座義塚裡，就是對我們這些亡魂最大的恩惠了。」戴生說：「我若是能夠回去，這又有何難。但如今我也在這地底下，怎敢奢望能重見天日呢？」

他於是教導眾鬼念佛，把泥土捏成圓形代替佛珠，計算念佛的次數，戴生不知日夜晨昏，累了就睡，醒了就坐著。

忽然，洞的深處點起一盞燈籠，眾鬼歡喜道：「龍飛相公施捨吃的來啦！」邀請戴生一起去。戴生擔心有水過不去，眾鬼強硬拉起他，扶著往前走，戴生只覺腳下飄飄然，好似沒有踏在地上，曲曲折折走了半里多，來到一處地方。眾鬼將戴生放下，讓他自己走，他們踏步向前，上了一個大約幾十尺高的臺階，臺階盡頭出現房屋和走廊，大堂上點著胳膊一樣粗的蠟燭。好久沒看見火光，戴生高興極了，急忙跑上前去。只見堂上坐著一名老人，身穿儒服，頭戴儒巾，戴生停住腳步，不敢上前。老人這時已瞧見他，驚訝地問：「你這個陽間的人是從哪裡來的？」戴生上前，雙膝跪地說明經過。老人說：「原來是我的第八代子孫啊！」命他起來，賜他入座。老人自我介紹道：「我叫戴潛，字龍飛。先前因為不肖子孫戴堂，勾結歹徒，在墓邊挖井，讓我在地下也不得安寧，就把海水引來淹沒這口井。如今，他的後代怎麼樣了？」

原來，戴生家的宗族共有五支，戴堂為長房。起初，縣裡有個富戶人收買戴堂，在戴家祖墳旁邊開採煤擴，其餘幾個弟弟畏懼他的威勢，不敢與他抗爭。不久，地下水突然湧至，開採煤礦的工人全部淹死在井中，那些死者的家屬一起一狀告到官府，戴堂和那富戶都因打官司而傾家蕩產，戴堂的子孫從此窮困潦倒。

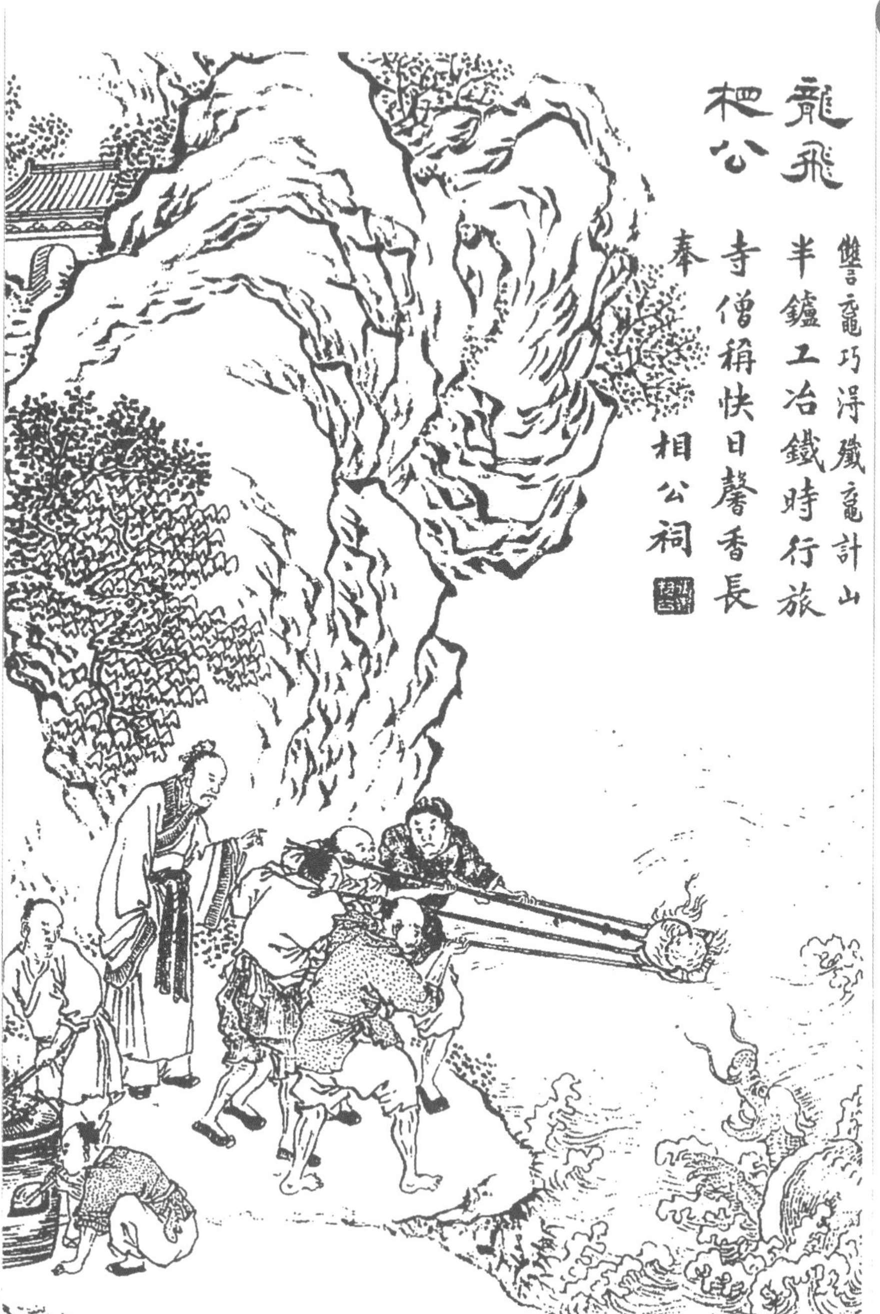

龍飛相公

讐黿巧淂殲黿計山半鑪工冶鐵時行旅寺僧稱快日馨香長奉相公祠

而戴生屬於戴堂弟弟的後代，曾經聽聞長輩說起此事，這會兒告訴老人，老人說：「這種不肖子孫，他的後人哪裡會興旺！你既然來到此地，不可荒廢學業。」便端出酒菜給他，又在桌上放了幾本書，都是明朝成化、弘治年間的八股範本，逼迫戴生研讀。老人又出題目給他寫文章，就像老師教導徒弟那般。堂上蠟燭時時保持照明，不剪燭心也不會熄滅。戴生累了就睡覺，無法分辨晨昏。老人有時候會出去，就派一個小僮服侍戴生。戴生覺得已然過了數年光陰，幸好日子並不苦，但也沒有別的書可讀，只有那幾百篇的八股文，每一篇他都讀了四千多遍。

有一天，老人對戴生說：「你的惡報期限已滿，應當返回人世。我的墳墓靠近煤洞，陰風刺骨。你金榜題名後，就把我的墳墓遷到東邊的空地去。」戴生恭謹地答應了。老人召集眾鬼，叫他們仍舊把戴生送回原來坐著的地方。眾鬼圍著戴生叩拜再三，一再叮囑他記得遷墳事宜，然而戴生也不曉得有什麼辦法可以出去。先前，戴生失蹤後，家人四處尋找皆一無所獲，戴母向官府報案，牽連了好多人，也沒有任何頭緒。三、四年過後，縣官離任，搜尋工作跟著懈怠，戴妻不守婦道，戴家就打發她改嫁。剛好鄉里的人把枯井修好，進入洞中發現戴生，摸他的身體還有溫度，知道他沒死，都非常懼怕，急忙跑去通報他的家人。戴生被抬回家，過了幾天，才把事情始末講了一遍。自從鄰居將戴生推入井中後，鄰居把妻子給打死了，他的岳父一狀告到官府。案子在各級衙門來回審訊了一年多，把鄰居折磨得只剩皮包骨才放他回家。

他聽說戴生死而復活，非常驚懼，倉促逃走了。戴氏宗族商量要追究此事，戴生不同意，並且說：「以前的事是我咎由自取，這是陰司對於我的懲罰，和他有什麼關係呢？」鄰居察覺戴生不追究他的罪過，這才偷偷摸摸返回家中。

井水乾枯以後，戴生僱人進入井洞收拾眾鬼遺骸，一具一具拼湊完整、買好棺材，找了塊墓地把他們合葬在一起。他又稽查家譜，確實有一個叫戴潛，字龍飛的人，就準備好祭品，到龍飛相公的墓前拜祭。學使聽說這件異聞，又很欣賞戴生的文筆風采，在鄉試中，戴生便以優異成績取得入闈資格，後來考中了舉人。戴生回家後，在東邊找了塊地修建墳墓，把龍飛相公的屍骨遷過去厚葬，每年春秋兩季，戴生都來上墳，年年不斷。

記下奇聞異事的作者如是說：「我的家鄉有挖煤礦的工人，礦坑被水淹沒了，十幾個人都被淹死。他們家屬想尋找罹難者的遺體，耗費兩個月時間才把水給抽乾，那十幾個人一個也沒死。這是因爲，水暴漲的時候，他們一起游到地勢較高處，才沒有被溺斃。眾人用繩子把他們拉上來，這些人吹到風就昏厥，過了一天一夜才漸漸甦醒。由此可知，人在地下，就像蛇鳥冬眠，短時間內不會死去。但是，從未聽說能熬過數年都還能生還的。如果不是心地善良之人，在暗無天日的地方待了三年，怎麼可能還活得下來呢？」

珊瑚

安生大成，重慶[1]人。父孝廉，蚤[2]卒。弟二成，幼。生娶陳氏，小字珊瑚，性嫻淑。而生母沈，悍謬[3]不仁，遇之虐，珊瑚無怨色。每早旦，靚妝[4]往朝。值生疾，母謂其誨淫，訶責之。珊瑚退，毀妝以進。母益怒，投顙自撾[5]。生素孝，鞭婦，母始少解。自此益憎婦。婦雖奉事惟謹，終不與交一語。生知母怒，亦寄宿他所，示與婦絕。久之，母終不快，觸物類而罵之[6]，意皆在珊瑚。生曰：「娶妻以奉姑嫜[7]，今若此，何以妻為！」遂出[8]珊瑚，使老嫗送諸其家。方出里門，珊瑚泣曰：「為女子不能作婦，歸何以見雙親？不如死！」袖中出翦刀刺喉。急救之，血溢沾衿。扶歸生族嬸家。嬸王氏，寡居無耦[9]，遂止焉。

嫗歸，生囑隱其情，而心竊恐母知。過數日，探知珊瑚創漸平，登王氏門，使勿留珊瑚。王召之入；不入，但盛氣逐珊瑚。無何，王率珊瑚出，見生，便問：「珊瑚何罪？」生責其不能事母。珊瑚脈脈[10]不作一言，惟俯首嗚泣，淚皆赤，素衫盡染，生慘惻不能盡詞而退。又數日，母已聞之，怒詣王，惡言誚讓。王傲不相下，反數其惡，且言：「婦已出，尚屬安家何人？我自留陳氏女，非留安氏婦也，何煩強與[11]他家事！」母怒甚而窮於詞，又見其意氣洶洶[12]，慚沮大哭而返。珊瑚意不自安，思他適。

先是，生有母姨于媼，即沈姊也。年六十餘，子死，止一幼孫及寡媳；又嘗善視珊瑚。遂辭王往投媼。媼詰得故，極道妹子昏暴，即欲送之還。珊瑚力言其不可，兼囑勿言，於是與于媼居，類姑婦[13]焉。珊瑚有兩兄，聞而憐之，欲移之歸而嫁之。珊瑚執不肯，惟從于媼紡績以自度。生自出婦，母多方為子謀婚，而悍聲流播，遠近無與為耦。積三四年，二成漸長，遂先為畢姻。二成妻臧姑，驕悍戾沓[14]，尤倍於母。母或怒以色，則臧姑怒以聲。二成又懦，不敢為左右袒。於是母威頓減，莫敢攖[15]，反望色笑而承迎之，猶不能得臧姑懽。臧姑役母若婢；生不敢言，惟身代母操作，滌器灑掃之事皆與焉。母子恆於無人處，相對飲泣。◆

無何，母以鬱積病，委頓在床，便溺轉側皆須生；生晝夜不得寐，兩目盡赤。呼弟代役，甫入門，臧姑輒喚去之。生於是奔告于媼，冀媼臨存[16]。入門，泣且訴。訴未畢，珊瑚自幃中出。生大慚，禁聲欲出。珊瑚以兩手叉扉。生窘急，自肘下沖出而歸，亦不敢以告母。無何，于媼至，母喜止之。由此媼家無日不以人來，來輒以甘旨餉媼。媼寄語寡媳：「此處不餓，後勿復爾。」而家中餽遺，卒無少間。媼不肯少嘗食，緘留[17]以進病者。母病亦漸瘥[18]。媼幼孫又以母命將佳餌來問疾。沈嘆曰：「賢哉婦乎！姊何修者！」媼曰：「妹以去婦何如人？」曰：「嘻！誠不至夫己氏[19]之甚也！然烏如甥婦賢！」媼曰：「婦在，汝不知勞；汝怒，婦不知怨。惡乎弗如？」沈乃泣下，且告之悔，曰：「珊瑚嫁也未者？」答云：「不知，請訪之。」

又數日，病良已。媼欲別。沈泣曰：「恐姊去，我仍死耳！」媼乃與生謀，析二成居。二成告臧姑。臧姑不樂，語侵兄，兼及媼。生願以良田悉歸二成，臧姑乃喜。立析產書已，媼始去。明日，以車乘來迎沈。沈至其家，先求見甥婦，極道甥婦德。媼曰：「小女子百善，何遂無一疵？余固能容之。子即有婦如吾婦，恐亦不能享也。」沈曰：「嗚呼冤哉！謂我木石鹿豕[20]耶！具有口鼻，豈有觸香臭而不知者？」媼曰：「被出如珊瑚，不知念子[21]作何語？」曰：「罵之耳。」媼曰：「誠反躬[22]無可罵，亦惡乎[23]而罵之？」曰：「瑕疵人所時有，惟其不能賢，是以知其罵也。」媼曰：「當怨者不怨，則德[24]焉者可知；當去者不去，則撫焉者可知。向之所餽遺而奉事者，固非予婦也，而[25]婦也。」沈驚曰：「如何？」曰：「珊瑚寄此久矣。向之所供，皆渠夜績之所貽也。」沈聞之，泣數行下，曰：「我何以見吾婦矣！」媼乃呼珊瑚。瑚瑚含涕而出，伏地下。母慚痛自撾，媼力勸始止，遂為姑媳如初。

十餘日偕歸，家中薄田數畝，不足自給，惟恃生以筆耕[26]，婦以針耨[27]。二成稱饒足，然兄不之求，弟亦不之顧也。臧姑以嫂之出也鄙之；嫂亦惡其悍，置不齒。兄弟隔院居。臧姑時有凌虐，一家盡掩其耳。臧姑無所用虐，虐夫及婢。婢一日自經[28]死。婢父訟臧姑，二成代婦質理，大受扑責，仍坐拘臧姑。生上下為之營脫，卒不免。臧姑械十指，肉盡脫。官貪暴，索望良奢。二成質田貸貲，如數納入，始釋歸。而債家責負[29]日亟，不得已，悉以良田鬻於村中任翁。翁以田半屬大成所讓，要生署券[30]。生往，翁忽自言：「我安孝廉也。任某何人，敢市吾業！」又顧生曰：「冥間感汝夫妻孝，故使我暫歸一面。」生出涕曰：「父有靈，急救吾弟！」曰：「逆子悍婦，不足惜也！歸家速辦金，贖吾血產[31]。」生曰：「母子僅自存活，安得多金？」曰：「紫薇樹下有藏金，可以取用。」欲再問之，翁已不語，少時而醒，茫不自知。

生歸告母，亦未深信。臧姑已率數人往發窖，坎地[32]四五尺，止見磚石，並無所謂金者，失意而去。生聞其掘藏，戒母及妻勿往視。後知其無所獲，母竊往窺之，見磚石雜土中，遂返。珊瑚繼至，則見土內悉白鏹[33]，呼生往驗之，果然。生以先人所遺，不忍私，召二成均分之。數適得揭取之二，各囊之而歸。二成與臧姑共驗之，啟囊則瓦礫滿中，大駭。疑二成為兄所愚，使二成往窺兄，兄方陳金几上，與母相慶。因實告兄，生亦駭，而心甚憐之，舉金而並賜之。二成乃喜，往酬責[34]訖，甚德兄。臧姑曰：「即此益知兄詐。若非自愧於心，誰肯以瓜分者復讓人乎？」二成疑信半之。

次日，債主遣僕來，言所償皆偽金，將執以首官。夫妻皆失色。臧姑曰：「如何哉！我固謂兄賢不至於此，是將以殺汝也！」二成懼，往哀債主，主怒不釋。二成乃券田於主，聽其自售，始得原金而歸。細視之，見斷金二鋌，僅裹真金一韭葉許，中盡銅耳。臧姑因與二成謀：「留其斷者，餘仍返諸兄以覘[35]之。」且教之言曰：「屢承讓德，實所不忍。薄留二鋌，以見推施[36]之義。所存物產，尚與兄等。余無庸多田也，業已棄之，贖否在兄。」生不知其意，固讓之。二成辭甚決，生乃受。稱之，少五兩餘。命珊瑚質匳妝[37]以滿其數，攜付債主。主疑似舊金，以翦刀斷驗之，紋色俱足，無少差謬，遂收金，與生易券。

二成還金後，意其必有參差[38]；既聞舊業已贖，大奇之。臧姑疑發掘時，兄先隱其真金，忿詣兄所，責數詬厲。生乃悟返金之故。珊瑚逆而笑曰：「產固在耳，何怒為？」使生出券付之。二成一夜夢父責之曰：「汝不孝不弟[39]，冥限[40]已迫，寸土皆非己有，占賴將以奚為！」醒告臧姑，欲以田歸兄。臧姑嗤其愚。是時二成有兩男，長七歲，次三歲。無何，長男病痘死。臧姑始懼，使二成退券於兄，言之再三，生不受。未幾，次男又死。臧姑益懼，自以券置嫂所。春將盡，田蕪穢不耕，生不得已，種治之。

臧姑自此改行，定省[41]如孝子，敬嫂亦至。未半年而母病卒。臧姑哭之慟，至勺飲不入口。向人曰：「姑早死，使我不得事，是天不許我自贖也！」產十胎皆不育，遂以兄子為子。夫妻皆壽終。生三子，皆舉進士。人以為孝友之報云。

異史氏曰：「不遭跋扈[42]之惡，不知靖獻[43]之忠，家與國有同情哉。逆婦化而母死，蓋一堂孝順，無德以戡[44]之也。臧姑自克，謂天不許其自贖，非悟道者何能為此言乎？然應迫死，而以壽終，天固已恕之矣。生於憂患[45]，有以矣夫！」

◆**何守奇評點：**前序沈之悍，大成之孝，珊瑚之賢，王詰沈，于責沈，色色精工；後序二成之懦，臧姑之虐，並皆佳妙。

前半段鋪陳沈氏的凶悍、大成的孝順、珊瑚的賢淑，王氏為了珊瑚質問沈氏，于老夫人也為了珊瑚責備沈氏，文章層層遞進，十分精妙；後半段寫二成的懦弱，臧姑的凶狠淩虐，同樣顯得生動精妙。

1 重慶：明清兩代府名，今重慶市巴南區。
2 蚤：通「早」。
3 悍謬：凶橫，蠻不講理。
4 靚妝：濃妝豔抹。靚，讀作「竟」，豔麗的樣子。
5 投顙自撾：用頭去撞物品，打自己耳光。顙，讀作「嗓」，額頭。撾，讀作「抓」，敲打。
6 觸物類而罵之：即借題發揮，看到什麼就罵什麼。
7 姑嫜：公婆。
8 出：休棄。
9 耦：通「偶」，伴侶。

10 脈脈：含情不語的樣子。
11 與：通「預」，干涉。
12 匈匈：同「洶洶」，原指水勢洶湧的樣子。此處形容強勢凶猛。
13 姑婦：婆媳。
14 戾沓：貪心暴戾。
15 攖：觸犯。
16 臨存：親自前往探視慰問。
17 緘留：猶言原封不動。
18 瘥：讀作「拆」的四聲，病癒。

19 夫己氏：指不想要明白指稱某人，猶言這個人。典出《左傳．文公十四年》：「齊公子元不順懿公之為政也，終不曰『公』，曰『夫己氏』。」此指臧姑。

20 木石鹿豕：比喻鐵石心腸，不辨是非，禽獸不如的人。

21 念子：提起你。

22 反躬：自我反省。

23 惡乎：通「烏乎」，如何，怎麼。

24 德：動詞，感激。

25 而：通「爾」，你。

26 筆耕：以寫字代替耕種，指以寫文章或抄寫謀生的人。

27 針耨：用針線除草，比喻以縫紉刺繡謀生的人。耨，讀作英文的「NO」，除草。

28 自經：自盡。

29 責負：催債。

30 署券：在契約上簽名。

31 血產：以血汗換來的家業。

32 坎地：挖掘地面。坎，地面低陷處。

33 白鏹：即白銀。鏹，讀作「搶」，古代串銅錢的繩索，泛指錢幣。

34 酬責：還債。責，通「債」。

35 覘：讀作「沾」，觀看、察視。

36 推施：推恩施惠。

37 匳妝：女子的嫁妝。匳，讀作「連」，同今「奩」字，是奩的異體字。指女子的陪嫁品。

38 參差：意見不同而發生爭執。

39 弟：通「悌」，友愛兄弟。

40 冥限：死期。

41 定省：早晚向父母請安。

42 跋扈：凶暴不馴，指凶橫的臣子。

43 靖獻：人臣向君主盡忠。典出《尚書．微子》：「自靖，人自獻于先王。」

44 戡：平定，此作承受之意。

45 生於憂患：出自《孟子．告子下》：「入則無法家拂士，出則無敵國外患者，國恒亡，然後知生於憂患而死於安樂也。」這是說，孟子認為憂患能夠激發人的生存鬥志。

白話翻譯

安大成是個書生，重慶人氏。其父親是舉人，很早就過世，弟弟安二成，年紀尚幼。大成娶陳氏爲妻，小名珊瑚，生性嫻淑。安大成的母親沈氏，凶悍暴戾，對待媳婦殘毒狠辣，經常虐待她，然而珊瑚沒說過半句埋怨婆婆的話，每天一大早都梳妝齊整去向婆婆請安。

有一次，安大成患病了，沈氏因此汙衊是珊瑚整天穿得光鮮亮麗，勾引丈夫與她行房所致，對她斥責辱罵。珊瑚回屋，卸下裝扮後又去見婆婆，沈氏更加憤怒，用頭去撞柱子，打自己耳光。安大成一向孝順，只好鞭打珊瑚，才讓沈氏稍微消氣。從此以後，沈氏對珊瑚更加憎恨，儘管珊瑚小心謹愼地侍奉，沈氏一句話都不和珊瑚說。安大成知道母親生氣，自個搬出去住，表示與妻子斷絕關係。過了很久，沈氏還是不諒解珊瑚，動不動就指桑罵槐地責罵她。安大成說：「娶媳婦回家是爲了侍奉公婆，弄到今天這個地步，還要媳婦幹什麼！」便寫了封休書，派一個老媽子將珊瑚遣回娘家。剛走出安家門，珊瑚哭泣著說：「身爲一個女子，不能當個好媳婦，還有什麼臉回家見爹娘？還不如死了算了！」她從袖中取出剪刀刺穿咽喉，意欲自殺。老媽子見狀急忙搶救，鮮血已經染紅衣襟，就扶著她前往安大成的嬸娘家。嬸娘姓王，是個寡婦，一個人生活，就將珊瑚留下了。

老媽子回到安家覆命，大成不讓她把這件事洩露出去，心中仍暗自害怕母親知道此事。幾天後，他得知珊瑚的傷已逐漸痊癒，就來到王氏家，要她將珊瑚趕出去。王氏命大成進屋，大成不肯，只是憤怒地要把珊瑚趕走。不久，王氏帶著珊瑚出來見大成，便問：「珊瑚犯了什麼錯？」安大成指責她侍奉婆婆不夠盡心，珊瑚默不吭氣，只是低著頭哭泣，甚至哭出了血淚，白色的衣衫都被染紅了。安大成見狀，心中也很悲悽，話說了一半就走了。

又過幾天，沈氏聽說珊瑚在王家，怒氣沖沖來到王家興師問罪，連王氏也一併辱罵。王氏性情高傲，不肯退讓半分，反過來數落沈氏的惡行，並且說：「珊瑚已經被你逐出家門，她還算是你們安家的人嗎？我留下的是陳家的女兒，並沒有收留你安家的媳婦，何必多管閒事！」沈氏氣到極點卻又無話可說，因著王氏氣勢洶洶，心中也感到羞愧，哭著回家去了，使得珊瑚良心不安，動起了想要搬出去住的念頭。

先前，安大成的姨娘于老夫人，也就是沈氏的姊姊，已有六十多歲，兒子死了，剩一個年幼的孫子和守寡的兒媳。于老夫人平時就對珊瑚很好，珊瑚因此向王氏辭行，前去投靠于老夫人。于老夫人問明情況，不斷埋怨妹妹太過糊塗昏聵，想將珊瑚立刻送回安家。珊瑚竭力勸阻于老夫人，並且叮囑她不要對外聲張。於是，珊瑚就和于老夫人同住，兩人相處宛如婆媳。珊瑚有兩位兄長，他們聽說此事後很同情妹妹的遭遇，想把她接回去讓她改嫁。珊瑚堅決不同意，還是跟著于老夫人紡紗度日。安大成自從休妻後，沈氏多次替他求親，然而沈氏惡婆婆的名聲已經傳揚開來，沒人敢把女兒嫁給安大成。三、四年過去，二成逐漸長大，沈氏就先爲他娶媳婦。二成的妻子名叫臧姑，性情非常驕橫凶悍，蠻不講理，比沈氏還要厲害百倍。沈氏如果擺臉色給她看，臧姑就凶狠地頂撞回去。二成性格懦弱，不敢袒護母親，沈氏威風大減，不敢再辱罵臧姑，反而得看她的臉色過活、奉承討好她，但是這樣還是不能取悅臧姑。臧姑叫沈氏幹活就像對待奴婢一樣，大成也不敢吭氣，只能代替母親做家務，諸如洗碗、掃地之類的雜務，母子經常在四下無人之處互對啜泣。

不久，沈氏因心中鬱悶而染病，躺在床上動彈不得，大小便翻身都要大成服侍，弄得大成日夜不能安寢，兩隻眼睛都熬紅了。大成叫弟弟來代替他，二成剛進母親房門，臧姑就把他支開了。大成只好去于老夫人家，希望她能去探望母親。他一進門，就一邊哭一邊訴說，還沒哭訴完，珊瑚就從帷帳後面走出來。大成一見，十分羞愧，立刻閉上嘴想要離開。珊瑚用兩手叉住門，大成感到很窘迫，從珊瑚的胳膊下鑽過去，一路跑回家，也不將此事稟告母親。過了幾天，于老夫人來了，沈氏留她住下。從此，于老夫人家每天都派人拜訪安家，每次都帶了吃的東西來看望。于老夫人於是派人傳話給她的兒媳：「我在這裡不缺飯吃，以後不要再送吃的來了。」但是家人還是不斷給她送吃的來。于老夫人把食物全留給沈氏，沈氏的病也逐漸好轉。于老夫人的小孫子又奉母親命令前來探望沈氏。沈氏感歎地說：「你的兒媳婦眞是賢慧啊！姊姊這麼好的福氣是如何修來的呀！」于老夫人說：「妹妹覺得被你趕走的兒媳婦爲人如何啊？」沈氏說：「珊瑚心地確實善良多了，但又怎麼比得上外甥媳婦的賢慧呢？」于老夫人說：「有媳婦在的時候，你不知道什麼叫辛勞；你發火的時候，媳婦不曾埋怨，這麼好的媳婦，怎麼能說不如人呢？」沈氏流下了眼淚，並告訴姊姊自己很後悔，又問：「珊瑚嫁人了沒有？」于老夫人答：「不知道，我去打聽一下。」

又過幾天，沈氏的病已經完全康復，于老夫人正要告辭。沈氏哭著說：「只怕姊姊走了，我還是活不了。」于老夫人就與大成商量，要他與二成分家。二成把此事告訴臧姑，臧姑不肯，對著大成破口大罵，連于老夫人也受牽連。大成願意把良田都分給二成，臧姑這才高興。等到分家的文書辦妥，于老夫人總算回家。

第二天，于老夫人派車來接沈氏，沈氏來到她家，先要求見外甥媳婦，並且極口稱讚外甥媳婦的賢慧。于老夫人說：「我這媳婦縱然樣樣都好，難道就沒有缺點嗎？我能容忍這些缺點。你就算有這樣賢慧的媳婦，恐怕你也無福消受。」沈氏說：「姊姊眞是冤枉我了！你把我說得像是鐵石心腸、沒心沒肺的人了！我也是有嘴巴鼻子的，難道香和臭我還分不出來嗎？」于老夫人說：「被你逐出家門的珊瑚，不知現在向她提起你，她會做何感想？」沈氏說：「她一定是在心裡罵我。」于老夫人說：「你好好反省自己的所作所爲，要是都沒有犯錯，她爲何要罵你呢？」沈氏說：「缺點是人都會有，她會罵我是因爲她不賢慧。」于老夫人說：「該怨恨的時候不怨恨，那麼她的品德可想而知；該離開時卻不離開，那麼她對人的寬厚也是可想而知。前些時間送食物給你的，並非是我兒媳，而是珊瑚。」沈氏吃驚地問：「這是怎麼回事？」于老夫人答：「珊瑚在我家已經住了很久。你吃的那些食物，都是她拿辛苦紡紗賺來的錢買的。」沈氏聽完，眼淚不斷落下，說：「我眞是沒臉見她了啊！」于老夫人就召來珊瑚。她含著淚走出來，跪在地上。沈氏覺得十分羞愧，用力地打自己，于老夫人勸了許久，她才停手，婆媳二人終於就和好了。

十幾天後，婆媳二人一起回家。家中只有幾畝薄田，難以維持生計，只有依靠大成抄寫維生，珊瑚做縫紉貼補家用。二成家雖然很富裕，大成卻不去求他們，二成也不照顧哥哥。臧姑因爲嫂子曾被休棄而看不起她，珊瑚也厭惡她的凶悍，不屑理睬她，兄弟二人隔著院牆居住。臧姑不時破口大罵，而大成一家都當作沒聽見，不去理她。臧姑的淫威無處施展，就虐待起她的丈夫和丫鬟。有一天，一個丫鬟忍受不了，上吊自盡。丫鬟的父親到衙門控告臧姑，二成代替媳婦去過堂，被杖責了一番，衙門卻仍將臧姑逮捕歸案。大成打通關節，希望能解決這場官司，最終卻還是疏通不了。臧姑被刑求，夾掉十根手指上的肉。加之縣官貪婪殘暴，還想勒索大筆錢財，二成只好把田產抵押換錢，全都交給縣官，縣官這才將他們夫妻釋放。債主日日上門討債，二成迫不得已，想把良田全部賣給村裡的任老翁。任老翁認爲這些田產有一半是大成讓給二成的，要大成簽署轉讓文書。大成來到任家，任老翁忽然自言自語說：「我是安舉人，任老頭是什麼人，竟敢買我的產業！」又看向大成說：「地府感念你們夫妻孝順，所以讓我暫時回來見你們一面。」大成流著眼淚說：「父親地下有靈，趕緊救救弟弟！」安舉人答：「不孝子和潑婦，不要管他們！你趕緊回家籌錢，把我的血汗產業給贖回來。」大成說：「我們家的錢僅夠日常開銷，哪有那麼多錢贖回田地呢？」安舉人答：「我先前把銀子藏在紫薇樹下，你去把它挖出來。」大成還想再開口，任老翁已經不說話了，不久，他醒了過來，卻絲毫不記得剛才說過的話。

大成回到家中，將此事稟告母親。沈氏半信半疑，但是臧姑聽說後，已經帶人去挖銀子了，挖了四五尺，只看見磚塊和石頭，不見銀子的蹤影，於是失望離去。大成聽說臧姑已經去挖銀子，就告誡母親和妻子不要去。後來得知她一無所獲，沈氏偷偷跑去看，只見一些磚塊石頭夾雜在泥土中，就回去了。珊瑚也來到樹下，看見土裡都是白銀子，就叫大成一起去檢視，果然眞是銀子。大成認爲這是父親的遺產，想分給二成一半。銀子的數量正好可均分兩份，兄弟二人各自拿袋子裝回家。二成和臧姑打開袋子查驗銀子，發現裡面都是瓦礫石頭，很是吃驚。臧姑懷疑二成被大成給騙了，讓二成去大成家看看。二成一去，就看到大成正把銀子放在桌上，和沈氏一起慶祝。二成把銀子變成石頭的事說給大成聽，大成也很驚訝，心裡對弟弟很同情，把自己的這一份都給他。二成高興地回家去，把欠的債都還清了，對大成很感激。臧姑說：「從這件事上就能看出你兄長是何等奸詐狡猾，若非做了虧心事，怎會把他那份銀子也給你？」二成聽了此話，開始懷疑起大成來。

第二天，債主派人到二成家討債，說二成給的銀子是假的，要把二成抓到官府去控訴。二成夫妻聽了，皆大驚失色，臧姑說：「怎麼會這樣啊！我就說你兄長沒安好心，他就是想故意害死你啊！」二成也很害怕，前去哀求債主，債主很生氣，不肯罷手，二成就把田契交給債主，讓他把田地賣掉，拿回先前的銀子。二成回到家，仔細檢查那些銀子，其中有兩錠已被剪斷，外面只裹了一層薄薄的銀，裡面都是銅。臧姑就與二成商量，把剪斷的銀子留下，其餘全還給大成，看他如何處理。她更教導二成見到大成以後的說詞：「幾次承蒙兄長恩德，把銀子讓給我。然而做弟弟的實在不忍獨占，所以只留下其中兩錠，以顯示哥哥推恩施德的情義。現在我將剩下的銀子歸還給兄長，那些田地我拿去抵債了，贖不贖回就看兄長的意思了。」大成聽不明白，堅決要把銀子讓給他，二成堅決不肯接受，大成只好收下了。大成一秤銀子，發現少了五兩多，就讓珊瑚拿出首飾去典當，湊夠了數目，交給債主要把地贖回，債主懷疑這銀子是假的，用剪刀剪開一看，發現成色很好，一點兒也不差，便收下了銀子，把田契還給大成。

二成把銀子還給大成後，心想大成肯定會遇到麻煩，等他聽說大成已贖回田產，大為詫異。臧姑懷疑上次挖銀子時，大成已經先把真的銀子藏起來，氣憤地來到大成家，對他們夫妻厲聲責罵，大成這才明白二成為什麼要把銀子還給他。珊瑚迎上前笑著說：「田產都已經贖回了，田契就在這裡，有什麼好發火的呢？」說著，讓大成拿出田契交給臧姑。一天夜晚，二成夢見父親斥責他：「你不孝順父母，不友愛兄嫂，死期就快到了，到時連一寸土地都不是你的，你搶回去又有何用！」二成半夜驚醒，將夢境告訴臧姑，打算把田契歸還給大成。臧姑笑他太蠢，這時的二成已經有兩個兒子，大的七歲，小的三歲。不久，大兒子出水痘死了，臧姑這才感到害怕，讓二成把田契還給大成，來回說了好幾次，大成都不肯接受。過了不久，二兒子也死了，臧姑更加害怕，親自上門把田契放到嫂嫂房間。這時春天已到尾聲，田地都荒蕪了無人耕種，大成無計可施，只好親自下田耕種。

從此以後，臧姑痛改前非，每天早晨都向沈氏請安，宛如孝順的兒媳婦，對珊瑚也很尊敬。半年後，沈氏死了，臧姑哭得很傷心，甚至絕食，她對別人說：「婆婆這麼早就死了，讓我不能盡孝，這是上天不給我贖罪的機會呀！」臧姑後來生了十胎，沒有一個長大成人，只好過繼大成的兒子，夫妻倆最後壽終正寢。而大成夫妻育有三個兒子，都考上進士，人們都說這是他們孝順母親、友愛兄弟的善報。

記下奇聞異事的作者如是說：「不遭到飛揚跋扈的奸臣所欺壓，就不知道安分盡責臣子的忠誠。家庭和國家一樣，看來也有相同情況。凶悍的媳婦痛改前非，而婆婆卻死了，這是因爲全家人都孝順她，她卻無足夠的德行來承受啊！臧姑自我責罰，說上天不讓她贖罪，若非是大徹大悟的人怎能說出這番話呢？她本應該早夭，卻能夠壽終正寢，可見上天已肯原諒她的罪行。古人說：『生於憂患』，的確是這樣啊！」

珊瑚
篝燈課績意
酸辛勞怨相
忘孝括真試
看于田號泣
子只將盲栗
格頑嚚

五通

南有五通[1]，猶北之有狐也。然北方狐祟，尚百計驅遣之，至於江浙五通，民家有美婦，輒被淫占，父母兄弟，皆莫敢息，為害尤烈。有趙弘者，吳[2]之典商也。妻閻氏，頗風格[3]。一夜，有丈夫岸然自外入，按劍四顧，婢媼盡奔。閻欲出，丈夫橫阻之，曰：「勿相畏，我五通神四郎也。我愛汝，不為汝禍。」因抱腰舉之，如舉嬰兒，置床上，裙帶自脫，遂狎之。而偉岸甚不可堪，迷惘中呻楚欲絕。四郎亦憐惜不盡其器。既而下床，曰：「我五日當復來。」乃去。弘於門外設典肆，是夜婢奔告之。弘知其五通，不敢問。質明，視妻憊[4]不起，心甚羞之，戒家人勿播。

婦三四日始就平復，而懼其復至。婢媼不敢宿內室，悉避外舍，惟婦對燭含愁以伺之。無何，四郎偕兩人入，皆少年蘊藉。有僮列肴酒，與婦共飲。婦羞縮低頭，強之飲亦不飲，心惕惕然，恐更番[5]為淫，則命合盡矣。三人互相勸酬，或呼大兄，或呼三弟。飲至中夜，上坐二客並起，曰：「今日四郎以美人見招，會當邀二郎、五郎釀酒[6]為賀。」遂辭而去。四郎挽婦入幃，婦哀免，四郎強合之，血液流離，昏不知人，四郎始去。婦奄臥床榻，不勝羞憤。思欲自盡，而投繯則帶自絕，屢試皆然，苦不得死。幸四郎不常至，約婦痊可[7]始一來。積兩三月，一家俱不聊生。

有會稽[8]萬生者，趙之表弟，剛猛善射。一日，過趙，時已暮，趙以客舍為家人所集，遂導客宿內院。萬久不寐，聞庭中有人行聲，伏窗窺之，見一男子入婦室。疑之，捉刀而潛視之，見男子與閻氏並肩坐，肴陳几上矣。忿火中騰，奔而入。男子驚起，急覓劍，刀已中顱，顱裂而踣[9]。視之，則一小馬，大如驢。愕問婦，婦具道之，且曰：「諸神將至，為之奈何！」萬搖手，禁勿聲。滅燭取弓矢，伏暗中。未幾，有四五人自空飛墮。萬急發一矢，首者殪[10]。三人吼怒，拔劍搜射者。萬握刃倚扉後，寂不少動。一人入，剁頸亦殪。仍倚扉後，久之無聲，乃出，叩關告趙。趙大驚，共燭之，一馬兩豕死室中。舉家相慶。猶恐二物復仇，留萬於家，炰豕[11]烹馬而供之。味美，異於常饈。

萬生之名，由是大譟。居月餘，其怪竟絕，乃辭欲去。有木商某苦要[12]之。先是，某有女未嫁，忽五通晝降，是二十餘美丈夫，言將聘作婦，委金百兩，約吉期而去。計期已迫，闔家惶懼。聞萬生名，堅請過諸其家。恐萬有難詞，隱其情不以告。盛筵既罷，妝女出拜客，年十六七，是好女子。萬錯愕不解其故，離坐傴僂[13]，某捺坐而實告之。萬初聞而驚，而生平意氣自豪，故亦不辭。至日，某仍懸采[14]於門，使萬坐室中。日昃[15]不至，竊意新郎已在誅數[16]。未幾，見簷間忽如鳥墜，則一少年盛服入，見萬，返身而奔。萬追出，但見黑氣欲飛，以刀躍揮之，斷其一足，大嗥[17]而去。俯視，則巨爪大如手，不知何物，尋其血跡，入於江中。某大喜。聞萬無耦，是夕即以所備床寢，使與女合巹[18]焉。

於是素患五通者，皆拜請一宿其家。居年餘，始攜妻而去。自是吳中止有一通，不敢公然為害矣。

異史氏曰：「五通、青蛙[19]，惑俗已久，遂至任其淫亂，無人敢私議一語。萬生真天下之快人也！」

又金生，字王孫，蘇州人。設帳於淮[20]，館搢紳園中。園中屋宇無多，花木叢雜。夜既深，僮僕散盡，孤影徬徨，意緒良苦。一夜，三漏將殘，忽有人以指彈扉。急問之，對以「乞火」，音類館童。啟戶納之，則二八麗者，一婢從諸其後。生意妖魅，窮詰甚悉。女曰：「妾以君風雅之士，枯寂可憐，不畏多露[21]，相與遣此良宵。恐言其故，妾不敢來，君亦不敢納也。」

生又疑為鄰之奔女，懼喪行檢[22]，敬謝之。女橫波一顧，生覺魂魄都迷，忽顛倒不能自主。婢已知之，便云：「霞姑，我且去。」女頷之。既而呵曰：「去則去耳，甚得雲耶、霞耶！」婢既去，女笑曰：「適室中無人，遂偕婢從來。無知如此，遂以小字令君聞矣。」生曰：「卿深細如此，故僕懼有禍機[23]。」女曰：「久當自知，保不敗君行止[24]，勿憂也。」上榻緩其裝束。見臂上腕釧[25]，以條金貫火齊[26]，啣雙明珠；燭既滅，光照一室。生益駭，終莫測其所自至。事甫畢，婢來叩窗。女起，以釧照徑，入叢樹而去。自此無夕不至。生於女去時遙尾之，女似已覺，遽蔽其光，樹濃茂，昏不見掌而返。

一日，生詣河北[27]，笠帶斷絕，風吹欲落，輒於馬上以手自按。至河，坐扁舟上，飄風墮笠，隨波竟去。意頗自失。既渡，見大風飄笠，團轉空際，漸落，以手承之，則帶已續矣。異之。歸齋向女緬述。女不言，但微哂之。生疑女所為，曰：「卿果神人，當相明告，以祛煩惑。」女曰：「岑寂之中，得此癡情人為君破悶，妾自謂不惡。縱令妾能為此，亦相愛耳，苦致詰難，欲見絕耶？」生不敢復言。

先是，生養甥女，既嫁，為五通所惑，心憂之而未以告人。緣與女狎暱既久，肺鬲[28]無不傾吐。女曰：「此等物事，家君能驅除之。顧何敢以情人之私告諸嚴君[29]？」生苦哀求計。女沉思曰：「此亦易除，但須親往。若輩皆我家奴隸，若令一指得著肌膚，則此恥西江[30]不能濯也。」生哀求無已，女曰：「當即圖之。」

次夕至，告曰：「妾為君遣婢南下矣。婢子弱，恐不能便誅卻耳。」次夜方寢，婢來叩戶。生急起納入。女問：「如何？」答云：「力不能擒，已宮[31]之矣。」笑問其狀。曰：「初以為郎家也；既到，始知其非。比至婿家，燈火已張，入見娘子坐燈下，隱几若寐。我斂魂覆瓿[32]中。少時，物至，入室急退，曰：『何得寓生人！』審視無他，乃復入。我陽若迷[33]。彼啟衾入，又驚曰：『何得有兵氣！』本不欲以穢物污指，奈恐緩而生變，遂急捉而閹之。物驚嗥遁去。乃起啟瓿，娘子若醒，而婢子行矣。」生喜謝之，女與俱去。

後半月餘，絕不復至，亦已絕望。歲暮，解館欲歸，女忽至。生喜逆[34]之，曰：「卿久見棄，念必有獲罪。幸不終絕耶？」女曰：「終歲之好，分手未有一言，終屬缺事。聞君捲帳[35]，故竊來一告別耳。」生請偕歸。女嘆曰：「難言之矣！今將別，情不忍昧。妾實金龍大王[36]之女，緣與君有宿分，故來相就。不合遣婢江南[37]，致江湖[38]流傳，言妾為君閹割五通。家君聞之，以為大辱，忿欲賜死。幸婢以身自任，怒乃稍解，杖婢以百數。妾一跬步[39]，皆以保母從之，投隙[40]一至，不能盡此衷曲，奈何！」言已，欲別。生挽之而泣。女曰：「君勿爾，後三十年可復相聚。」生曰：「僕年三十矣；又三十年，皤然[41]一老，何顏復見？」女曰：「不然，龍宮無白叟也。◆且人生壽夭，不在容貌，如徒求駐顏，固亦大易。」乃書一方於卷頭而去。

生旋里，甥女始言其異，云：「當晚若夢，覺一人捉予塞盎中；既醒，則血殷床褥，而怪絕矣。」生曰：「我曩禱河伯[42]耳。」群疑始解。後生六十餘，貌猶類三十許人。一日，渡河，遙見上流浮蓮葉，大如席，一麗人坐其上，近視，則神女也。躍從之，人隨荷葉俱小，漸漸如錢而滅。

此事與趙弘一則，俱明季事，不知孰前孰後。若在萬生用武之後，則吳下僅遺半通，宜其不足為害也。

◆**但明倫評點：**龍宮無白首，天下何處有龍宮。

龍宮中沒有白髮的老人，天底下哪裡有龍宮這樣的地方。

1 五通：中國古代南方供奉的邪神名。又稱五聖、五顯靈公、五郎神。唐宋以來即有記載，明清兩代，江蘇一帶多祭祀此神，康熙二十五年，巡撫湯斌上書陳述五通的危害，朝廷才命人將五通神廟搗毀，並且禁止各地祭祀此神，從此逐漸無人祭祀。事見王士禛《池北偶談‧毀淫祠》。
2 吳：吳縣。今江蘇省蘇州市。
3 頗風格：頗有姿色。風格，指風韻。
4 憊：疲憊。
5 更番：輪番、輪流。
6 醵酒：每個人出一點錢，湊夠數目買酒喝。醵，讀作「據」，有集資之意。
7 痊可：痊癒。
8 會稽：古代縣名，今浙江省紹興市。
9 踣：讀作「博」，跌倒。
10 殪：讀作「亦」，死亡。
11 炰豕：烤豬肉。炰，讀作「袍」，同「炮」，用火燒烤。
12 要：通「邀」，邀請。
13 傴僂：讀作「語樓」，原意是駝背，此指恭敬地彎腰鞠躬，以表回禮，同時也避諱男女之嫌，不直視對方。
14 懸采：即張燈結綵，在門口懸掛裝飾物。
15 日昃：日暮時分。昃，讀作「則」的四聲。
16 誅數：位在被斬殺的行列中，此處指已被萬生殺死的五通神。

17 嘷：讀作「豪」，吼叫、號哭之意。

18 合巹：古時成親夫婦要對飲合巹酒，指成婚。巹，讀作「錦」。

19 青蛙：指青蛙神，古代江、漢一帶供奉的邪神名。本系列第十三冊收有〈青蛙神〉的故事，可供一覽。

20 設帳於淮：在淮安開館教授學生。淮，淮安，古代縣名，今江蘇省懷安市楚州區。

21 不畏多露：謂不辭勞苦，連夜而來。典出《詩經．召南．行露》：「厭浥行露。豈不夙夜？謂（通「畏」）行多露。」這首詩寫女子想婉拒情人相約私會，故以擔心夜間行走趕路，會被露水沾溼衣服為藉口推辭。這裡則是相反的意思。

22 行檢：節操品行。

23 禍機：暗藏災禍。

24 行止：品行。

25 釧：讀作「串」，手鐲。

26 火齊：美玉的名稱，即紅寶石。

27 河北：泛指黃河以北地區。

28 肺鬲：猶肺腑，肺腑之言。鬲，讀作「隔」，通「隔」字，此指橫膈膜。

29 嚴君：古代對父母的尊稱，後世是父親的專稱。

30 西江：泛指江水。

31 宮：即宮刑，古代刑罰之一，意指割除男性的生殖器官。

32 瓿：讀作「剖」，古代裝醬醋類的瓦罐，瓶口為圓形，腹大，瓶身較矮，有蓋子。

33 陽若迷：假裝昏迷的樣子。陽，通「佯」，佯裝、假裝。

34 逆：迎接。

35 卷帳：辭去教書的工作。

36 金龍大王：即金龍四大王，神仙的名稱。相傳姓謝，名緒，宋代隱居於錢塘金龍山。宋代滅亡後，他跳水自盡，明代初年，被明太祖朱元璋封為金龍四大王。事見《蘇州府志》。

37 江南：指蘇州，因蘇州在長江的南方，故得此名。

38 江湖：泛指四方。

39 跬步：半步。跬，讀作「葵」的三聲。

40 投隙：乘機、乘間。

41 皤然：鬚髮盡皆斑白的樣子。皤，讀作「婆」。

42 河伯：河神。

白話翻譯

南方有五通神，猶如北方有狐妖一樣。然而北方狐妖作祟，尚且千方百計把牠趕走；至於江浙一帶的五通神，民宅家中有美麗的婦女，往往被祂們姦淫侵犯，父母兄弟沒有人敢吭氣，五通的禍害比狐妖還嚴重。有個叫趙弘的人，是吳縣一家當鋪的老闆，妻子姓閻，頗有幾分姿色。有天晚上，一個身材魁梧的男人從外面進來，手按長劍，四下張望，丫鬟婢女看到都逃走了。閻氏想跑出房間，被男子攔住，說：「不要害怕，我是五通神中的四郎。我愛你，不會傷害你。」說罷抱住她的腰將她舉起來，像舉嬰兒一樣把她放到床上，閻氏的衣服、腰帶自動脫落，四郎就與她交歡。四郎的陰莖很粗大，閻氏神智不清地痛苦呻吟，四郎對她倒也憐惜，沒有全根沒入，完事後下了床，說：「五天後我會再來。」說完便離開了。趙弘在門口開當鋪，當晚婢女跑去稟報此事。趙弘知道那人是五通神，不敢過問。天亮後，見妻子疲憊地躺在床上，心裡更加羞愧，告誡家人不要將此事散播出去。

三、四天後，閻氏身體已逐漸恢復，她很怕四郎再來。婢女僕婦都不敢睡在臥室，全都躲到外面的屋舍，只有閻氏對著蠟燭愁眉苦臉地等待。不久，四郎帶著兩個人進來，都是文雅的少年郎，童僕擺上酒菜後，他們就與閻氏一起喝酒。閻氏羞澀地低著頭，逼她喝也不肯喝；她的心中憂懼不安，生怕被他們輪流姦淫，小命就此不保。三個人互相勸酒，有人喊大哥，有人叫三弟，喝到半夜，兩個客人才一同起身說：「今天四郎得到美人請我們喝酒，下次我們也該邀請二郎、五郎，大家湊錢買酒慶賀。」說完就辭別離去。四郎拉著閻氏上床，閻氏苦苦求饒；四郎強迫與她交歡，弄得鮮血四濺，閻氏昏了過去，四郎這才離開。閻氏奄奄一息躺在床上，無法忍受這樣的羞辱，想要自殺，但只要一想上吊繩子就斷，試了好幾次都是如此，想求死都無法如願。幸好四郎此後不算常來，大約閻氏痊癒後才來一次，過了兩、三個月，一家人都不得安寧。

在會稽有位萬生，是趙弘的表弟，剛健勇猛，擅長箭術。有一天，他來拜訪趙弘，天色已晚，趙弘因爲客房都被家人占用，領著萬生到內院去住。萬生許久未睡，聽到院中有人走動的聲音，趴到窗戶上偷看，看見一個男人走進閻氏房間，心中起疑，拿刀偷偷尾隨窺視，只見男人與閻氏並肩同坐，桌案上擺滿菜餚。萬生怒火中燒，闖了進去。男人驚訝地站起來，急忙尋找他的佩劍，萬生已經一刀劈中他的頭，頭顱頓時裂開，那人倒地身亡。仔細一看，是一匹小馬，生得驢子一般大。萬生驚愕詢問閻氏，閻氏將實情說出，並且說：「其他幾個邪神將臨，該如何是好？」萬生搖手示意，讓她不要出聲。他將蠟燭吹熄，取來弓箭躲在暗處。不久，有四、五個人從空中飛落地面，萬生急忙射出一箭，爲首者中箭死了，其餘三人怒吼，拔出寶劍想尋找射箭的人。萬生握刀藏在門後，不說話也不行動，待到一個人走進門來，萬生斬斷他的脖頸，這人同樣當場死亡。萬生仍躲在門後，許久沒聽到動靜，才走出來敲響趙弘的房門，將

此事告訴他。趙弘大吃一驚，點燈一同前往查看，看見一匹馬、兩頭豬死在室內，全家歡慶，但仍怕剩下兩個邪神會前來報仇，就留萬生住下。一家人烤豬肉、烹馬肉來吃，味道甚美，比一般的肉都要好吃。

萬生從此聲名大噪，在趙家住了一個多月，邪神沒有再來，他就打算起辭別離去，這時有個木材商人苦苦邀請萬生去他家。先前，木商有個女兒尚未出嫁，五通忽然從天而降，是個二十多歲的俊美男子，說要娶他的女兒為妻，以黃金百兩為聘禮，約定良辰吉日前來迎娶。眼看娶親的日子就要到了，全家非常惶恐。聽說萬生的事蹟，堅持邀請他去他家作客。木商怕萬生為難，就沒有告訴他實話，盛宴款待後，命女兒梳妝打扮出來拜見客人，她的年紀約十六、七歲，長得很標致。萬生錯愕不知事情始末，離席鞠躬回禮，木商按著他的肩膀要他坐著，接著實言相告。萬生起初有些驚訝，但他生平最喜打抱不平，故未推辭。到了迎親那天，木商依舊在門口張燈結綵，讓萬生坐在屋內。眼看太陽下山，五通仍然沒來。萬生心想，新郎可能是被他斬殺的五通之一。不久，屋簷上有個東西像鳥一樣飛落地面，一名少年盛裝進入，一看到萬生，轉身就往外奔跑。萬生追了出去，只見一團黑氣想要飛走，他拿起刀一揮，砍斷新郎一隻腳，新郎嚎叫一聲就逃走了。萬生低頭一看，一隻爪子和手一樣大，不知是什麼東西。萬生循著血跡去尋找，發現妖怪已落入江中。木商很高興，聽說萬生還沒娶親，當晚就準備新房，讓他與自己的女兒成親。

五通
流俗相傳奉鬼
雄公
然桑濮恣淫風
萬生
刀箭湯公奏一
樣威
靈懾五通

此後，只要遭到五通作祟的人家，都會邀請萬生去他家住。住了幾年，萬生才帶著妻子離開，從此吳縣只剩下一通，再也不敢公然爲害百姓了。

記下奇聞異事的作者如是說：「五通、青蛙等邪神，爲禍人間已久，以至於任憑祂們姦淫婦女，沒有人敢吭氣。萬生眞是豪爽之人啊！」

又有一位金生，字王孫，蘇州人。他在淮安開館教學生，住在鄉紳的園林中。花園房屋不多，花木叢生。夜深以後，僮僕離去，金生獨自對著燈，感到形單影隻，心中苦悶。一天晚上，三更將盡時，忽然有人來叩門。金生忙問是誰，對方說：「借柴火煮飯的。」聽聲音像是僮僕。金生開門讓那人進來，竟是年約十六歲的女郎，一個婢女跟在她身後。金生以爲她是妖精鬼魅之類，不斷追問她的家世來歷。女郎說：「我看你是個文雅之人，憐你孤單寂寞，不畏夜行，特來此共度良宵。我恐怕說明原由，我就不敢前來，你也不敢接納我。」

金生疑心她是鄰居私奔的女子，害怕有損自己的操守，於是婉言相拒。然而女郎秋波一掃，金生就被迷得失了魂魄，忽然覺得難以自持。婢女看出來後，說：「霞姑，我先走了。」女郎點頭，接著斥責她：「要走便走，喊什麼雲啊、霞的！」婢女離開後，女郎笑道：「適才屋裡無人，我就借了婢女帶她前來。沒想到她這麼不懂規矩，竟然透露我的小名。」金生說：「你這樣處心積慮，我怕會種下禍根。」女郎說：「時間久了你自會知道，我保證不會損壞你的德行，無須擔憂。」兩人遂上床脫衣，金生看到女郎手腕上戴的金釧，以鍊子串著紅寶石，上面鑲嵌了兩個夜明珠；蠟燭吹熄後，整個房間被珠光照得通明。金生更加驚駭，始終猜不透女郎的來歷。兩人雲雨一番後，婢女前來敲窗戶。女郎起身，以金釧照亮前路，進入樹叢中離去。從此以後，女郎每晚都來。有一次，金生在女郎回去時，遠遠地跟著她；女郎似乎已經察覺，立刻遮蔽金釧的光芒，樹林茂密，黑暗得伸手不見五指，金生只好折返。

有一天，金生造訪河北，斗笠上的帶子突然斷了，一陣風吹來差點掉落，金生就在馬上用手按住斗笠。到了河上，金生坐到一艘扁舟，斗笠被風吹落，隨波逐流，他感到悵然若失。渡河後，見到一陣狂風把斗笠吹得在空中旋轉；斗笠逐漸飄落，金生伸手去接，斷掉的帽帶竟自動接上了。金生感到詫異，回到書齋後對女郎詳述經過，女郎但笑不語。金生懷疑是女郎做的，說：「你如果眞是神仙，應該直言相告，免得我煩惱疑惑。」女郎說：「你孤寂苦悶的時候，有我這個癡情女子爲你排解憂悶，我自己覺得並非壞事。縱然這件事是我做的，也是出於對你的愛。你這樣苦苦追問，是想逼我離開你嗎？」金生不敢再問。

先前，金生撫養一個外甥女，已經出嫁，她被五通迷惑，金生日夜爲她擔憂，而未曾將此事告訴別人。因爲和女郎恩愛日久，兩人無話不談，就把此事告訴她。女郎說：「五通這樣的邪神，只有家父才能將祂驅除；但我怎麼把情人的事情向家父稟報呢？」金生哀求她，女郎沉思一番，說：「要除掉五通倒也不難，只是需要我親自出馬。五通那幾個都是我家的奴僕，如果被他們碰我一根指頭，這番恥辱就算整條江水也無法洗刷乾淨。」金生不斷哀求，女郎只好說：「我會爲你設法。」

第二天晚上，女郎前來，告訴金生：「我替你派了兩個婢女南下。婢女力量有限，恐怕無法馬上將五通誅殺殆盡。」又隔一天晚上，兩人剛才睡下，婢女就前來敲門，金生急忙起床，開門讓婢女進來。女郎問：「事情辦得如何了？」婢女回答：「我力氣薄弱，無法將五通擒捉，已經對祂施以宮刑。」女郎笑問她具體情形。婢女說：「起初我以爲是在金先生家，到達後，才知道不是。等到了姑爺家，已經點上燈燭。進屋見到娘子坐在燈下，趴在桌子上睡覺。我把娘子的魂魄收進瓦罐裡。不久，五通來了，剛進房間又急忙退出，說：『怎有陌生人在？』仔細查看四周，沒有看到別人才又進屋。我假裝被迷昏了，五通掀開被子鑽進來，又驚問：『怎麼有兵刃的氣味？』我本不想讓五通弄髒我的手，奈何我怕遲了事情會有變卦，就趕忙捉住祂的陽具，一刀割了下來。五通痛得嚎叫，就逃走了。我起床打開瓦罐，娘子好像已經醒來，奴婢就先回來覆命。」金生很高興地向女郎和婢女道謝完，她們兩人就一起離開了。

半個多月後，女郎再也沒來，金生也不敢抱有希望。年底，金生辭去教職要返鄉，女郎忽然來了。金生很高興地上前迎接，說：「你許久沒來，想必是我哪裡得罪你，幸好你沒有狠心與我徹底斷絕關係。」女郎說：「我們相好一年了，也沒明說要分手，終究是一樁缺憾。聽說你要回家，我偷偷前來送別。」金生請求女郎跟他一同返鄉，女郎嘆氣說：「我眞是有口難言啊！分別在即，我也不忍再隱瞞你：我是河神金龍大王的女兒，因爲和你有宿世緣分，所以前

五通第二
五通神祇一通存揮
子南來妙斂魂絕似
阿難摩戒體完從
淫席斷淫根

來投奔。我不該派婢女去江南，導致外面傳言我替你閹割五通。家父聽說此事，認爲是奇恥大辱，氣憤得逼我自盡。多虧婢女把責任往自己身上攬，父親才稍微消氣，打了婢女幾百棍就罷。但是之後我不管去哪，都有保母跟隨監視。好不容易找到機會前來見你，又不能把心裡話同你說清楚，無奈啊！」說完，龍女就要告別。金生拉著她的手哭著不肯放開。龍女說：「你不要這樣，三十年後可以再相會。」金生說：「我已三十歲，再過三十年，都成了白髮蒼蒼的老頭了，有什麼顏面再與你相見？」龍女說：「並非如此，龍宮裡沒有白頭老翁，而且人的壽命長短，也不在於容貌上的變化。如果你只祈求青春永駐，這也不難。」說著，她在書本上寫了駐顏術的方子給金生，就此離去。

金生回歸故里，外甥女提起那件怪事，說：「那天晚上我宛如做夢般，覺得有人把我捉起來塞進瓦罐中。等回來後，看見床褥沾滿鮮血，五通從此沒再出現。」金生說：「是我向河神祈禱來驅趕五通。」家人的疑惑才解開。後來，金生六十多歲時，容貌看起來還像三十多歲的人，一天乘船渡河時，遠遠望見河上漂浮著蓮葉，有如席子般大，一個美女坐在上面，把船划進一看，正是龍女。金生跳了過去，人隨著荷葉逐漸變小，最後變得只有銅錢一般大，最後消失不見了。

這件事與趙弘那個故事，都發生在明朝末年，只是不知發生的時間先後。如果這件事是發生在萬生誅殺五通之後，那麼吳縣只剩下半通，應該不足爲害了。

瑞雲

瑞雲，杭[1]之名妓，色藝無雙。年十四歲，其母蔡媼，將使出應客。瑞雲告曰：「此奴終身發軔[2]之始，不可草草。價由母定，客則聽奴自擇之。」媼曰：「諾。」乃定價十五金，逐日見客。客求見者必以贄[3]：贄厚者，接一弈，酬一畫；薄者，留一茶而已。瑞雲名譟已久，自此富商貴介[4]，日接於門。

餘杭賀生，才名夙著，而家僅中貲[2]。素仰瑞雲，固未敢擬同鴛夢，亦竭微贄，冀得一睹芳澤。竊恐其閱人既多，不以寒畯[6]在意；及至相見一談，而款接殊殷。坐語良久，眉目含情。作詩贈生曰：「何事求漿者，藍橋叩曉關？有心尋玉杵，端只在人間。」[7]

生得之狂喜，更欲有言，忽小鬟來白「客至」，生倉猝遂別。既歸，吟玩詩詞，夢魂縈擾。過一二日，情不自已，修贄復往。瑞雲接見良歡。移坐近生，悄然謂：「能圖一宵之聚否？」生曰：「窮踧[8]之士，惟有癡情可獻知己。一絲之贄，已竭綿薄。得近芳容，意願已足；若肌膚之親，何敢作此夢想。」瑞雲聞之，戚然不樂，相對遂無一語。生久坐不出，媼頻喚瑞雲以促之，生乃歸。心甚邑邑，思欲罄家[9]以博一歡，而更盡而別，此情復何可耐？籌思及此，熱念都消，由是音息遂絕。

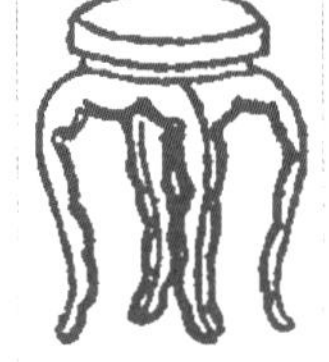

瑞雲擇婿數月，更不得一當，媼頗恚[10]，將強奪之而未發也。一日，有秀才投贄，坐語少時，

便起，以一指按女額曰：「可惜，可惜！」遂去。瑞雲送客返，共視額上有指印，黑如墨，濯之益真。過數日，墨痕漸闊；年餘，連顴[11]徹準[12]矣。見者輒笑，而車馬之跡以絕。媼斥去妝飾，使與婢輩伍。瑞雲又荏弱，不任驅使，日益憔悴。賀聞而過之，見蓬首廚下，醜狀類鬼。起首見生，面壁自隱。賀憐之，便與媼言，願贖作婦。媼許之。賀貨田傾裝[13]，買之而歸。入門，牽衣攬涕，且不敢以伉儷自居，願備妾媵[14]，以俟來者。賀曰：「人生所重者知己：卿盛時猶能知我，我豈以衰故忘卿哉！」◆遂不復娶。聞者共姍笑[15]之，而生情益篤。

居年餘，偶至蘇[16]，有和生與同主人[17]，忽問：「杭有名妓瑞雲，近如何矣？」賀以：「適人」對。又問：「何人？」曰：「其人率與僕等。」和曰：「若能如君，可謂得人矣。不知價幾何許？」賀曰：「緣有奇疾，姑從賤售耳。不然，如僕者，何能於勾欄[18]中買佳麗哉！」又問：「其人果能如君否？」賀以其問之異，因反詰之。和笑曰：「實不相欺：昔曾一覲其芳儀，甚惜其以絕世之姿，而流落不偶[19]，故以小術晦其光而保其璞[20]，留待憐才者之真鑑耳。」賀急問曰：「君能點之，亦能滌之否？」和笑曰：「烏得不能？但須其人一誠求耳！」賀起拜曰：「瑞雲之婿，即某是也。」和喜曰：「天下惟真才人為能多情，不以妍媸[21]易念也。請從君歸，便贈一佳人。」遂與同返。

既至，賀將命酒。和止之曰：「先行吾法，當先令治具[22]者有歡心也。」即令以盥器貯水，戟指[23]而書之，曰：「濯之當愈。然須親出一謝醫人也。」賀笑捧而去，立俟瑞雲自靧[24]之，隨手光潔，豔麗一如當年。夫婦共德之，同出展謝，而客已渺，遍覓之不可得，意者其仙歟？

1杭：即餘杭，今浙江省杭州市一個市轄區。
2發軔：原用以比喻事情的開始。此指妓女首次接客，為日後接客的開端。軔，車子的部件，讓車輪停止轉動的閘木，類似今日汽車的手煞車。
3贄：讀作「志」，見面的贈禮。
4貴介：地位高貴尊崇的人。
5貲：讀作「資」，通「資」，金錢財物。
6寒畯：出身貧困但懷有才華。畯，讀作「俊」。
7何事求槳者四句：詩句出自裴鉶所撰傳奇故事〈裴航〉，暗示自己的愛慕之心。裴航在藍橋驛偶遇仙女雲英，心生愛慕想要求娶。雲英的祖母提出條件，必須尋到玉杵臼為聘禮。裴航最終尋到玉杵臼，和雲英結為夫妻。
8窮蹙：窮困潦倒。蹙，讀作「促」。
9罄家：傾盡家產。
10恚，讀作「惠」，惱怒、生氣。
11顴：讀作「拳」，兩眼下方的臉部骨頭。
12準：鼻梁。
13傾裝：傾盡所有財物。
14妾媵：原意為陪嫁，此處指小妾。媵，讀作「硬」。
15姍笑：即訕笑。姍，嘲笑、取笑，通「訕」。
16蘇：蘇州。
17主人：指留宿的旅館。
18勾欄：宋、元時代的劇場或賣藝場所。後多用以指稱妓院。
19不偶：不順遂，無法成就功名。此指女子淪落風塵。
20晦其光而保其璞：謂遮掩她的豔麗姿容，以保留她純真的面貌。晦，掩飾隱藏。璞，未經雕琢的玉石，比喻純真自然的本來面貌。
21妍媸：美醜。妍，美麗。媸，讀作「癡」，貌醜。
22治具：準備酒席招待客人。
23戟指：將手指彎曲成戟形，施法時的手勢。
24靧：讀作「繪」，洗臉。

◆**馮鎮巒評點**：此之謂真情種。此等人做得出孝子忠臣來。

這才是真正癡情的人。這樣的人可以成為孝子忠臣。

白話翻譯

瑞雲是杭州有名的妓女，無論容貌或才藝都舉世無雙。十四歲時，養母蔡嬤嬤要讓她開始接客，瑞雲告訴她：「這是我妓女生涯的開端，不能草率行事。價錢由嬤嬤來決定，客人我要自己選擇。」蔡嬷嬷說：「可以。」於是定價十五兩銀子，要求瑞雲每天見客。凡是想求見的客人都要帶見面禮，見面禮豐厚的人，瑞雲就陪他下盤棋，再送他一幅畫；見面禮較少的人，只留他喝一盞茶。瑞雲聲名大噪已久，從此富商顯貴人家的子弟，絡繹不絕地前來拜訪。

餘杭賀生，一向才華洋溢，頗有名聲，只是小康之家，素來傾慕瑞雲，不敢奢望能與她結為夫妻，也備了一些薄禮，希望能一睹她的容顏。他心想，想見瑞雲的人何其多，她不會把他這個窮小子放在心上，等到與瑞雲見面聊天，瑞雲卻殷勤招待了他，與他坐著聊了許久，眉眼之間含著情意，更寫一首詩贈給賀生：「何事求漿者，藍橋叩曉關？有心尋玉杵，端只在人間。」

賀生看了非常高興，還想再與她說話，忽然有個小丫鬟來稟報：「客人來了。」賀生匆忙告辭離去。回家後，他反覆吟詠賞玩這首詩，魂牽夢縈。過了一、兩天，情難自禁，又準備見面禮再度前往。瑞雲接見他，相談甚歡，把椅子往他坐的地方挪過去一點，坐在他身旁，小聲說：「你能設法與我共度一夜嗎？」賀生說：「家中貧窮，只有一片癡情可以獻給知己。我準備這些微薄的見面禮，已經傾盡我的家財了。能夠接近你，瞻仰你的容顏，已經心滿意足，若是肌膚之親，哪裡敢癡心妄想？」

瑞雲聽了這番話，悶悶不樂，兩人相對，沒有說一句話。賀生坐了很久不出來，蔡嬷嬷頻頻呼喚瑞雲，要她催促賀生離開，賀生才回家。他的心裡很鬱悶，想著傾家蕩產與她歡度一夜，時間到了又得分開，卻又情何以堪？想到這裡，一腔熱血全都打消，從此不再與瑞雲來往。

瑞雲選擇恩客，一選就是幾個月，沒有一個合意的，蔡嬤嬤頗爲氣憤，想要強迫她接客卻沒有行動。一天，有個秀才送上禮物，坐著說了幾句話就站起來，用一根手指按住瑞雲的額頭說：「可惜，可惜！」語畢離開。瑞雲送客回來，大家都看見她額頭上有一個指印，像墨汁一般漆黑，越洗越明顯。過了幾天，墨跡的範圍逐漸擴大；一年後，連顴骨鼻樑都有，看到的人都嘲笑她，客人也不再爲她上門。蔡嬤嬤喝令她卸下妝容首飾，只能當個丫鬟，瑞雲卻身體孱弱，不堪勞動，容顏日漸憔悴。賀生聽到這個消息就來探望她，見到她蓬頭垢面在廚房裡幹活，醜陋的樣子就像是個鬼。瑞雲抬頭看到賀生，把頭轉向牆壁，遮住面容。賀生憐惜她，和蔡嬤嬤說，願意替瑞雲贖身，把她娶回家。蔡嬤嬤答應了，賀生因此變賣田產，傾盡所有家產，把她帶了回家。

瑞雲自入門後，便掩面而哭，用衣袖拭淚。她不敢以賀生的妻子自居，寧願當個小妾，空出正妻之位，等待以後讓賀生再娶正室。賀生說：「人生知己最爲重要，你風光的時候都願意對我青睞有加，我怎麼會因爲你容貌變醜，就嫌棄你呢？」自此不再娶妻。聽到此事的人都譏笑賀生，他對瑞雲的感情卻更加深厚。

過了一年多，賀生偶然到蘇州去辦事，有個和生和他同住一家旅店，忽然問賀生：「聽說杭州有個名妓瑞雲，最近如何了？」賀生說：「已經嫁人了。」和生又問：「嫁給了誰？」賀生說：「和我相差不遠。」和生說：「如果像你一樣，那瑞雲可算是嫁對人了，不知她當時贖身的價錢是多少啊？」賀生答：「因爲瑞雲染上奇怪的病症，是廉價賣出的。否則，像我這樣的人，怎麼能在妓院裡買美人呢？」和生又問：「那人果眞和你一樣嗎？」

賀生覺得和生這樣問很奇怪，就反問他。和生笑道：「實不相瞞，我曾親眼目睹過她的容貌，覺得她如此美豔絕倫卻淪落風塵實在可惜，就略施法術掩蓋她的美貌，等待那個能夠眞心對待她的人來鑑賞。」賀生急忙問：「閣下既然能施法，也能消除嗎？」和生笑道：「如何不能？只需那個人誠心前來求我。」賀生起身向他跪拜說：「我就是瑞雲的丈夫。」和生喜道：「天底下只有眞才子才會如此癡情，不因爲她容貌變得醜陋就變心。請你讓我跟你回家，我送你一個美女。」

他與賀生返回杭州，回到家後，賀生命瑞雲準備酒菜，和生阻止他：「先等我施法完畢，要先討下廚的人歡心。」命賀生用臉盆裝滿水，手指捻成戟狀，在水面上畫符，說：「用這盆水洗臉就可以痊癒了，不過要她親自出來感謝醫者才行。」賀生笑著捧起臉盆進屋，立刻讓瑞雲自己洗臉，洗過的皮膚盡皆白嫩無瑕，美豔如同當年。夫婦想要感謝和生，一同出來拜謝，客人卻已不見蹤影，尋遍各處都找不到，難道和生是神仙嗎？

（卷十未完，請見下冊）

瑞雲
青衫紅袖兩多情敢
為折撻負
舊盟美满姻缘成就
日心香一
瓣謝和生

參考書目

王邦雄，《莊子內七篇・外秋水・雜天下的現代解讀》（台北：遠流出版社，2013 年 5 月）
王邦雄等著，《中國哲學史》（台北：里仁書局，2006 年 9 月）
牟宗三，《中國哲學十九講》（台北：台灣學生書局，1999 年 9 月）
馬積高、黃鈞主編，《中國古代文學史 1-4 冊》（台北：萬卷樓圖書股份有限公司，2003 年）
張友鶴，《聊齋誌異會校會注會評本》（台北：里仁書局，1991 年 9 月）
郭慶藩，《莊子集釋》（台北：天工出版社，1989 年）
樓宇烈，《王弼集校釋・老子指略》（台北：華正書局，1992 年 12 月）
盧源淡注譯，蒲松齡原著，《聊齋志異》（新北市：台科大圖書股份有限公司，2015 年 3 月）
何明鳳，〈《聊齋誌異》中的「異史氏曰」與評論〉，《文史雜誌》2011 年第 4 期
馮藝超，〈《子不語》正、續二書中殭屍故事初探〉，《東華漢學》第 6 期，2007 年 12 月，頁 189-222
楊清惠，〈論《聊齋志異》王士禎評點的小說敘事觀〉，《彰化師大國文學誌》第 29 期，2014 年 12 月
楊廣敏、張學豔，〈近三十年《聊齋志異》評點研究綜述〉，《蒲松齡研究》2009 年第 4 期
邱黃海，《從「任勢為治」說的形成論韓非思想的蛻變》，國立中央大學哲學研究所博士論文，2007 年 7 月

電子工具書

中央研究院漢籍電子文獻 https://hanji.sinica.edu.tw/
百度百科 http://baike.baidu.com/
佛光大辭典 https://www.fgs.org.tw/fgs_book/fgs_drser.aspx
教育部重編國語辭典修訂本 http://dict.revised.moe.edu.tw/cbdic/
教育部異體字字典 http://dict.variants.moe.edu.tw/
漢語大辭典 http://www.guoxuedashi.net/
維基百科 https://zh.wikipedia.org/zh-tw/

 好讀出版　圖說經典43

聊齋志異十二：命運流轉

填寫線上讀者回函
請掃描 QRCODE

原　　著／(清)蒲松齡
編　　撰／曾珮琦
繪　　圖／尤淑瑜
總 編 輯／鄧茵茵
文字編輯／林泳誼、簡綺淇
美術編輯／王廷芬、許志忠
圖片整輯／鄧語葶

發 行 所／好讀出版有限公司
台中市407西屯區工業30路1號
台中市407西屯區大有街13號（編輯部）
TEL:04-23157795　FAX:04-23144188
http://howdo.morningstar.com.tw
(如對本書編輯或內容有意見，請來電或上網告訴我們)
法律顧問／陳思成律師

讀者服務專線：(02)23672044 / (04)23595819#212
讀者傳真專線：(02)23635741 / (04)23595493
讀者專用信箱：service@morningstar.com.tw
晨星網路書店：http://www.morningstar.com.tw
郵政劃撥：15060393（知己圖書股份有限公司）
如需詳細出版書目、訂書，歡迎洽詢

初版／西元2023年10月1日
定價／299元
ISBN 978-986-178-671-1
如有破損或裝訂錯誤，請寄回台中市407工業區30路1號更換（好讀倉儲部收）

國家圖書館出版品預行編目資料

聊齋志異十二：命運流轉／(清)蒲松齡原著；曾珮琦編撰 —— 初版 ——
臺中市：好讀出版有限公司，2023.10
面：　公分 ——（圖說經典；43）
ISBN　978-986-178-671-1（平裝）
857.27　　112009454